康巴作家群书系（第四辑）

康巴在哪里

王朝书 著

作家出版社

为"康巴作家群"书系序

阿 来

康巴作家群是近年来在中国文坛异军突起的作家群体。2012年和2013年，分别在四川文艺出版社和作家出版社出版了"康巴作家群"书系第一辑和第二辑，共推出十二位优秀康巴作家的作品集。2013年，中国作协、中国社科院少数民族文学研究所、中国少数民族作家学会等在北京联合召开了"康巴作家群作品研讨会"，我因为在美国没能出席这次会议。2015年和2016年，"康巴作家群"书系再次推出"康巴作家群"书系第三辑、第四辑，含数十位作家的作品。这些康巴各族作家的作品水平或有高有低，但我个人认为，若干年后回顾，这一定是一个重要的文化事件。

康巴（包括四川省的甘孜藏族自治州、西藏的昌都地区、青海的玉树藏族自治州和云南的迪庆藏族自治州）这一区域，历史悠久，山水雄奇，但人文的表达，却往往晦暗不明。近七八年来，我频繁在这块几十万平方公里的土地上四处游历，无论地理还是人类的生存状况，都给我从感官到思想的深刻撞击，那就是这样雄奇的地理，以及这样顽强艰难的人的生存，上千年流传的文字典籍中，几乎未见正面的书写与表达。直到两百年前，三百年前，这一地区才作为一个完整明晰的对象开始被书写。但这些书写者大多是外来者，是文艺理论中所说的"他者"。这些书写者是清朝的官员，是外国传教士或探险家，让人得以窥见遥远时的生活的依稀面貌。但"他者"的书写常常导致一个问题，就是看到差异多，更有甚者为寻找差异而至于"怪力乱神"也不乏其人。

而我孜孜寻找的是这块土地上的人的自我表达：他们自己的生存感。他们自己对自己生活意义的认知。他们对于自身情感的由衷表达。他们对于横断山区这样一个特殊地理造就的自然环境的细微感知。为什么自我的表达如此重要？因为地域、族群，以至因此产生的文化，都只有依靠这样的表达，才得以呈现，而只有经过这样的呈现，才成为真正意义上的存在。

未经表达的存在，可以轻易被遗忘，被抹煞，被任意篡改。

从这样的意义上讲，未经表达的存在就不是真正的存在。

而表达的基础是认知。感性与理性的认知：观察、体验、反思、整理并加以书写。

这个认知的主体是人。

人在观察、在体验、在反思、在整理、在书写。

这个人是主动的，而不是由神力所推动或命定的。

这个人书写的对象也是人：自然环境中的人，生产关系中的人，族群关系中的人，意识形态（神学的或现代政治的）笼罩下的人。

康巴以至整个青藏高原上千年历史中缺乏人的书写，最根本的原因便是神学等级分明的天命的秩序中，人的地位过于渺小，而且过度地顺从。

但历史终究进展到了任何一个地域与族群都没有任何办法自

外于世界中的这样一个阶段。我曾经有一个演讲，题目就叫做《不是我们走向世界，而是整个世界扑面而来》。所以，康巴这块土地，首先是被"他者"所书写。两三百年过去，这片土地在外力的摇撼与冲击下剧烈震荡，这块土地上的人们也终于醒来。其中的一部分人，终于要被外来者的书写所刺激，为自我的生命意识所唤醒，要为自己的生养之地与文化找出存在的理由，要为人的生存找出神学之外的存在的理由，于是，他们开始了自己的书写。

正是从这个意义上，我才讲"康巴作家群"这样一群这块土地上的人们的自我书写者的集体亮相，自然就构成一个重要的文化事件。

这种书写，表明在文化上，在社会演进过程中，被动变化的人群中有一部分变成了主动追求的人，这是精神上的"觉悟"者才能进入的状态。从神学的观点看，避世才能产生"觉悟"，但人生不是全部由神学所笼罩，所以，入世也能唤起某种"觉悟"，觉悟之一，就是文化的自觉，反思与书写与表达。

觉醒的人，才是真正的人。

当文学的眼睛聚光于人，聚光于人所构成的社会，聚光于人所造就的历史与现实，历史与现实生活才焕发出光彩与活力。也正是因为文学之力，某一地域的人类生存，才向世界显现并宣示了意义。

而这就是文学意义之所在。

所以，在一片曾经蒙昧许久的土地，文学是大道，而不是一门小小的技艺。

也正由于此，我得知"康巴作家群"书系又将出版，对我而言，自是一个深感鼓舞的消息。在康巴广阔雄奇的高原上，有越来越多的各族作家，以这片大地主人的面貌，来书写这片大地，来书写这片大地上前所未有的激变、前所未有的生活，不能不表达我个人最热烈的祝贺！

文学的路径，是由生活层面的人的摹写而广泛及于社会与环境，而深入及于情感与灵魂。一个地域上人们的自我表达，较之于"他者"之更多注重于差异性，而应更关注于普遍性的开掘与建构。因为，文学不是自树藩篱，文学是桥梁，文学是沟通，使我们与曾经疏离的世界紧密相关。

（作者系四川省作协主席，茅盾文学奖获得者，这是作者为"康巴作家群"书系所作的序言）

目录

文化·评论

康巴在哪里

　　康巴在哪里？康巴的文化内涵是什么？康巴之于每一个生活在康巴这片土地上的人、之于每一个梦想将康巴作为香巴拉的人意味着什么？

　　2003年7月15日起，《甘孜日报》率先发起"康巴文化内涵、康巴文化核心价值"的讨论。该讨论以"康巴在哪里"为主题，持续了九个月。在报人、专家、学者共同推动下，"康巴学"逐步成为显学。康巴"多民族多元文化共存"的人文概念逐步形成。

　　康巴人文内涵丰富，字面上讲有大地、身体、坛城、种子等等含义。但是，归根结底，历史上的康巴是边地、是边疆。边地的重要内核就是边缘。在古代汉文化中心论下，以天子所在地为中心；近代，以北京为中心，向外辐射的边远处，即为边地。边地意义下的"边疆"是政治的、经济的、交通的，也是文化的、生活的。边疆，意味着边远地区及落后的生产、生活方式。新中国成立后，"边疆"的概念与历史上的"边疆"有了巨大差异。随着以中华文化下各民族文化平等为前提、多民族共同发展为目的的共和国——中华人民共和国的建立，边疆的概念指称地理的、经济的、发展意义上的含义。此边疆概念下的康巴最终定名为"经济欠发达地区"，在文化上不再是等级观念下的"边疆"。今天，随着空中航线、高速公路、铁路的逐步开通，康巴在地理上将不再边远。进入互联网、传媒时代，康巴获取信息将不再滞后。随着水电、矿产等资源的大力开发，不远的将来，康巴作为经济的边疆也将结束。康巴在历史语境中的边缘意义将逐步消失。如今，康巴作为边疆的"边"，较长远且突显的领域，在于教育、人才、观念等方面。历史上教育资源的分配不均导致的人才欠缺、观念滞后，致使康巴和内地将在较长时期内存在着差距。

在全球一体化的时代，人类正在走向更宽广且深远的交流和融合，康巴作为大地的意义，将呈现为一种自觉的生存与生活模式。纵观20世纪，欧美工业化、城市化进程已完成，作为历史主体的人的生活方式在西方已无多大差异；随着康巴在经济、通讯、交通等方面得到革命性改观以及欧美世界中心主义的退出，康巴在地理位置上将与世界平等，其不同于内地及欧美的生活方式将最终凸显。在地理、文化、气候等因素的共同作用下，21世纪，康巴将是一种不同样态的，最大限度有别于城市化的，缓慢、宁静、最靠近原始自然的生活理想与方式。康巴，对外面的人将是梦想之地——香格里拉；对生活在这里的人将是一种生活方式、一种生活态度、一种生活选择。康巴，将是生活在这片土地上的藏、汉、回、彝等各族人民共同生存与生活的家园。康巴，将成为全人类的精神远方和心灵向往之地。

藏区流传的谚语："卫藏的佛，安多的马，康巴的人。"历史上，"康巴人"的概念，是以游牧生产即文化简单生活方式进行定义的，尚停留在张扬个性、剽悍、歌与舞等外在形式上。历史文化概念上康巴人的形象，《康巴汉子》之歌最能体现，"血管里响着马蹄的声音……当青稞酒在心里歌唱的时候，世界就在手上……"，歌里的康巴人是原初的民族，是古老文明意义上的人。新中国成立后，尤其改革开放三十多年来，中国和世界不可阻挡地相互交融，人类各文明不可阻挡地相互影响；地理、历史、生活，甚至人的概念，都随之发生了潜移默化甚至根本性的变化。

今天，"佛、马、人"的观念必将逐步淡出历史。马，不再占据历史生活的重要舞台；佛，在世界范围内，不再是人精神的主体；同样，因科技的巨大进步，人不再是抗拒自然的身体意义上的人。现代的人将指向内在心灵——对生活的热爱、理解、诉求以及对生活的理想；对文化、对历史、对生命的责任以及对未来文化、历史事业的创造。今天，历史意义上的"安多、卫藏、康巴"已不再具有本质意义；三者只具有地理位置、行政区划的意义。不管生活在安多、康巴，还是西藏的人，最终都将落实到共同的教育，落实到对生活的理解和对生活的诉求和创造上。现代意义上人的定义终将打破地域的阻隔。康巴人不再只是外形剽悍的"形象"，而是现代意义上的人，是怀揣人生梦想、人生理想，并以自己的方式实现人生梦想和理想的人。

今天，诠释康巴人，不再仅以生存为前提，必须和中国一体，以对生活有梦想、有责任进行诠释。

新中国成立至改革开放前，康巴人的梦想，基本与中国整体一体化，即"为人民服务"、"大跃进"、"建设社会主义"等等。改革开放，解放了全中国人的梦想，其中康巴人的梦想，以歌曲《走出大山》为代表，"我要走出大山，去看外面的世界"形象地描绘了康巴人追逐梦想的脚步。如今，康巴人不再局限在康巴，而是在中国、世界范围内求生存、求发展，在多元文化价值观下，追求人生理想并践行人生。改革开放三十多年来，康巴人的梦想以教育为主要途径，以歌舞、经商等不同梦想形式走出康巴的大山，走向世界。最终，康巴人的梦不再是一个概念的民族的梦，而是落实到一个个鲜活个体生命关于生活的梦想。康巴这片土地上生活的一百一十万各族儿女走向世界的一个个梦想，将汇成"中国梦"。

如今，不知有多少康巴人走出大山。改革开放三十多年来，特别是80代、90代进入互联网的一代，对文化、对地理、对生活、对文明的理解，已发生了根本改变；他们有更大的梦想、更大的自由，已超越了以生存为核心的人生观，走向了生活本身；他们的人生一定是多姿多彩的。他们是康巴的未来。他们的故事，他们的方向，他们的人生，是康巴的方向。

康巴在哪里？康巴在远方，康巴在路上，康巴在未来。

让《民族区域自治法》"活"起来

2020年，我国将全面建成小康社会。少数民族地区群众生活水准关系着全面建成小康社会能否实现。民族工作事关重大，笔者认为，必须让《民族区域自治法》"活"起来，才能确保全面小康的实现。

我国是一个多民族国家。五千年来，中原汉民族和周边少数民族在不停的对抗与交融中共同构建了中华文明的精神大厦，共同铸造了中华民族的精神气质。远古时期，黄帝与炎帝之战，奠定了以农耕为生存之本的汉民族与以游牧为生存之本的游牧民族的生存圈。适宜农业耕作的中原成为汉民族的生存之地，周边则是人口比例较小的游牧民族的生存之地。在漫长的封建时期，从周代始，周人自称"华夏"，并把华夏周围四方的人，分别称为东夷、南蛮、西戎、北狄，以区别于华夏。自此，中原民族与周边民族有了区分。汉代，经汉武帝与北方游牧民族多年战争，汉族及汉文化的中心地位得到巩固。"以夷制夷"成为中原王朝治理边疆的政治策略。汉以后，虽经历了魏晋南北朝以及元、清的几次民族大融合，然而，无论汉民族还是进驻中原的少数民族建立的政权都以天子所在地为中心，都沿袭了"以夷制夷"的边疆策略。"以夷制夷"的策略一直延续到新中国成立前。

封建等级专制下，少数民族被视为蛮夷，少数民族文化被视为不入流的非正统文化。少数民族及少数民族文化被排斥在中原文化外。新中国成立前，不平等广泛存在于各民族间。"胜者为王，败者为寇"的原始生存法则，造成了民族间的歧视。如元朝，依照征服的先后，将政权下的人民划分为蒙古、色目、汉人和南人四个等级。清朝，则满族的社会地位高于汉族。

各民族共同平等地当家作主是千百年来各族人民的心愿。中华大地应是生活在其上的各民族的共同家园。1949年，中华人民共和国成立，以社会主义制度为国体，以人民代表大会制度为政体的新中国，从根本上解决了各民族不平等的因素。新中国成立后，民族区域自治制度被确定为我国的一项基本政治制度。《中华人民共和国宪法》在序言中说，"中华人民共和国是全国各族人民共同缔造的统一的多民族国家。平等、团结、互助的社会主义民族关系已经确立，并将继续加强。在维护民族团结的斗争中，要反对大民族主义，主要是大汉族主义，也要反对地方民族主义。国家尽一切努力，促进全国各民族的共同繁荣"。宪法确认了中华人民共和国是全国各族人民共同缔造的统一的多民族国家，因而各族人民在文化、政治、经济上都是平等的，各族人民在身份上是无差异的。

新中国成立后，为促进各民族共同繁荣，开展了轰轰烈烈的建设边疆运动，一批优秀汉族干部及知识分子，来到边疆，并在边疆"献了青春，献终身；献了终身，献子孙"。这些汉族干部及知识分子，在边疆赢得了少数民族群众的尊重，开启了我国民族关系的新篇章：他们与少数民族群众共同第一次构建了平等、团结、互助、友爱的新型伙伴关系。在边疆，民族友爱的故事比比皆是。如康巴地区流行的"团结包子"、"团结娃"，就是各民族友爱融合的见证。由此，少数民族群众第一次感受到了"当家做主"的自由与幸福。《唱支山歌给党听》《草原上升起不落的太阳》《打起手鼓唱起歌》等歌曲反映了新中国成立后，少数民族群众对中华人民共和国的认同以及对自己的中华人民共和国主人翁身份的认同。

1984年，为确保少数民族群众的权益，为确保民族区域自治制度得到有效落实，我国出台了《中华人民共和国民族区域自治法》。《民族区域自治法》赋予了民族自治地方行政、经济、文化、教育等有关少数民族群众生产生活方方面面的权利。《民族区域自治法》成为民族地区的工作指南。

然而，中华人民共和国的国家性质决定了各地区的发展应是与国家一体的。发展经济，从一穷二白中走出，是新中国的首要任务。拥有丰富自然资源的少数民族地区担负起了支援国家建设的重任。木材、矿产、药材……沿水路、铁路、公路运到国家建设一线。少数民族地区群众为中华民族的振兴做出了自己的贡献。因此，20世纪90年代，国家将修改《民族区域自治法》作为"建立社会主义市场经济体制条件下一项极为重要的立法任务"。历时近十年，修改后的《民族区域自治法》得以在第九届全国人民代表大会第二十次会议上通过。此次修改最核心的内容，是加大上级国家机关帮助民族自治地方加快经济发展的职责，明确规定了经济发达地区对口支援民族自治地方。在被修改的三十一条规定中，有二十三条与经济和社会发展相关。此次修改还补充规定：国家采取措施，对输出自然资源的民族自治地方给予一定的利益补偿。修改后的《民族区域自治法》将民族地区的经济建设放在首位。

经济基础决定上层建筑，这是颠扑不破的真理。《民族区域自治法》颁布至今，中华人民共和国整体的经济实力以及民族地区的经济实力都影响着《民族区域自治法》的实施。如修改后的《民族区域自治法》第六十九条规定"国家和上级人民政府应当从财政、金融、物资、技术、人才等方面加大对民族自治地方的贫困地区的扶持力度，帮助贫困人口尽快摆脱贫困状况，实现小康。"然而国家对民族地区的扶持力度多大取决于国家当下的经济状况。因而，仅从外在现象来看，《民族区域自治法》似乎并不能作为民族地区工作的指南。民族地区工作受制于看不见的外在因素。这一现象，造成了民族地区有的干部在认识及行动上缺位，以致《民族区域自治法》在有的民族地区更多意义上只是"死"的法律。

如今，中国已成为世界第二大经济体，已摆脱了一穷二白，完全有能力兑现"先富帮后富"，因此，2014年，中央召开民族工作会议，会议要求：要发挥好中央、发达地区、民族地区三个积极性，对边疆地区、贫困地区、生态保护区实行差别化的区域政策，优化转移支付和对口支援体制机制，把政策动力和内生潜力有机结合起来。此要求，对民族地区经济发展给予了保障。民族地区经济将得到自上而下的根本性保障。这意味着民族地区经济将在社会主义大家庭中得到刚性发展。这给予了《民族区域自治法》坚强支撑。这是《民族区域自治法》颁布实施以来，从未有过的历史机遇。故而，中央对民族工作提出新要求，"开拓创新，从实际出发，顶层设计要缜密、政策统筹要到位、工作部署要稳妥"。

顶层设计，是中央对民族工作的新理念。在民族地区，顶层设计的依据是《民族区域自治法》，或者说，在民族地区，顶层设计即为《民族区域自治法》。设计，意味着主动，意味着谋划，意味着预见。"顶层设计"的要求，意味着必须让《民族区域自治法》"活"起来，而不仅仅停留在纸上。

做好民族工作，关键在于民族地区干部。今天，民族地区干部需要认识当下中国，需要认识《民族区域自治法》所面临的不同历史处境。如此，民族地区干部才能切实行使国家赋予的神圣权力，才能坚定地将《民族区域自治法》作为民族工作的指南，从而让《民族区域自治法》"活"起来，充分运用法律所赋予的种种权力，如此才可能"把政策动力和内生潜力有机结合起来"。

综上所述，让《民族区域自治法》在民族地区"活"起来，民族地区群众生活水准定会得到提高，民族地区文化定会得到发展，民族地区精神文明建设定会为中华文明注入新的活力，中华民族全面小康的目标定会实现。

2012，我们的文化盛宴

—— "中华之光——传播中华文化年度人物评选"
及"2012乡土盛典"走笔

当我们在说"文化强州"的时候，可能首先应该思考的是：什么是文化？文化的内涵与外延是什么？怎样才能让文化强州？2012年，中央电视台举办的两场文化盛宴"中华之光——传播中华文化年度人物评选"及"2012乡土盛典"，可以让我们从中思考到一些内涵。

中华之光——传播中华文化年度人物评选

2013年1月11日，中央电视台的一档节目，吸引了我的眼球，节目名称叫"中华之光——传播中华文化年度人物评选"。这是一档全新的节目。据悉，这是中央电视台继"感动中国"、"年度经济人物"、"年度体坛风云人物"之后，全新策划推出的一项大型文化人物评选活动。节目主持人的选择也很新颖，不仅有中央电视台的节目主持人，还有来自香港和台湾的电视节目主持人。新颖的主持风格透露出这档节目的与众不同。

我在电视机前坐下，细细品味节目，看节目所呈现的意义。

第一个获奖者是国际钢琴巨星郎朗。郎朗，男，现年三十岁，中国籍，国际著名钢琴家。郎朗，一位同时闪耀东方和西方的"国际钢琴巨星"，他是首位、也是唯一一位与维也纳爱乐乐团、柏林爱乐乐团、纽约爱乐乐团及美国五大交响乐团多次合作的中国钢琴家，他以一位东方人的面孔演绎西方古典音乐，他让钢琴成为一种语言和时尚，跨越国界与疆界、超越种族和民族。由于他在钢琴演奏上的杰出成就，被外媒誉为"将改变世界的二十名青年"之一。其实，对郎朗一连串的头衔记者并不感兴趣，记者感兴趣的是他与传播中华文化之间的关系。在郎朗的身上，我们可以再次看到这个事实：音乐是人类心灵的共同声音，无论东方音乐，还是西方音乐，只要是真正发自人类心灵的声音，就会被别的民族、别的国家的人民所接受。当郎朗站在领奖台上时，他已在无言中启示了民族文化传承与发扬道路的走向。

第二个获奖的是杜维明。他是第三代新儒家学派代表人物之一，这样的人物离我们的生活有点远，在这就不做介绍了。

第三个获奖者是白先勇。关于白先勇，记者必须好好地对他做介绍。白先勇，男，七十五岁，台湾人，著名作家、文化学者。白先勇被赞誉为"当代中国短篇小说家中的奇才"，喜欢文学的人很多都读过他的《游园惊梦》等作品。代表作有短篇小说集《寂寞的十七岁》《台北人》《纽约客》，散文集《蓦然回首》，长篇小说《孽子》等。白先勇曾在公开场合呼吁："请像对待出土文物一样珍视昆曲。"事实上，他就是这样做的。在白先勇眼里，昆曲是中华民族四百年的"魂"。为了推广昆曲艺术，推广古老的传统文化，他不惜停止自己的写作，并多次变卖个人家产。近年来白先勇更是忙于"昆曲传承计划"，不断培育新人。用他的话说：传承昆曲，至死方休！

当白先勇走上领奖台时，记者从他儒雅而又深情的神态里，看到中华传统儒家文化与昆曲艺术对人的影响。传统儒家文化赋予了白先勇先生担当的秉性，而昆曲艺术则让他有了世人少有的纯粹的情。白先勇说：昆曲的艺术已经超越国界，超越文化，超越语言，它已经达到了一种世界性的文化。昆曲可以用两个字来形容：美和情。在美和情的世界里，白先勇先生对个人财富、名利都如浮云。对他的颁奖词里说：六十年前的一场倾听，留下三十年来不灭的惦念。年逾古稀，还要做拼命三郎。功成名就，还要托钵化缘。穿梭世界各地，他紧握传统艺术的火种。在昆曲艺术的面前，年龄、财富、名利对白先勇来说都不是问题。

在白先勇的努力下，如今，昆曲艺术姹紫嫣红地开遍全世界。

领奖台上的白先勇，告诉我们这样一个道理：人类的文明就好似一团真火，几千年不灭地在燃烧。它为什么不灭呢？就是因为古往今来对人类文明有贡献的人，呕出心肝，用自己的心血作为燃料添加进去，才把这真火一代一代地传下去。

民族文化的传承与发扬，绝不是一条平坦的道路。白先勇的"先"与"勇"，提示了在这条道路上行走的两个重要因素。这是记者介绍他的原因。

第四个获奖者，是在非洲用汉字著书立说的老先生曾繁兴。他离我们的生活也比较远。

第五位获奖者，是一位传奇女士——陈香梅，她的事迹也不是普通人所能学习的。

第六位走上领奖台的是陈氏太极掌门人陈小旺。对此，记者也必须做详细介绍。

陈小旺，六十七岁，澳大利亚华人，陈氏第十九世太极拳掌门人，世界陈小旺太极拳总会会长。每年三月，陈小旺都会带着许多洋弟子回到陈家沟，到陈氏祠堂拜师、祭祖，在传统的拜师仪式上，洋弟子们体味到更深层的太极文化。让陈氏太极拳走向世界的各个角落，是陈小旺毕生的追求。为此，他每年十一个月游走于世界各地，行程可以绕地球两周。

陈小旺的弟子有多少呢？数字是惊人的，三十万。三十万人，足可以干一番惊天动地的事。陈小旺的弟子不仅数量庞大，还囊括了国际社会的各个阶层。2001年，捷克总统接见来自中国的陈小旺，并向他表达了学习太极拳的愿望。这次接见缘于捷克总统卫士长的介绍。卫士长是一个练了三十五年空手道的武术高手，后与陈小旺结识，并成为陈小旺的弟子。

看着领奖台上精神矍铄、眼露精光的陈小旺，让人不由得再次想起那句著名的话：条条大路通罗马。有心传承文化，总会找到适合自己的道路。正如颁奖词所说：他让国粹走出国门造福人类，他开创了功夫传承文化的新境界。

莫言是第七位获奖者。对莫言的文学成就，在此记者不做评论，文学传播文化是古老而又有效的手段之一。

第八位获奖者，记者有必要做介绍。第八位获奖者潘立辉，男，现年六十一岁，法籍华人，法国友丰书店创办人、书店经理，友丰出版社创始人、社长。

潘立辉有一个开书店的梦想，有一天，他把中文招牌挂到巴黎的街上。三十年来，这个巴黎的书生，以一己之力，在法国开创了方块字的绿洲。经过三十多年的苦心经营，潘立辉不但稳坐巴黎中文书籍销售的头把交椅，而且把友丰书店办成了欧洲第一家以出版中国图书为主业的华人出版社。1997年，潘立辉被法国文化部授予"文学艺术骑士"勋章，2005年获中华人民共和国新闻出版总署颁发的"中华图书特殊贡献奖"。

书店传播文化，这也是此次传播中华文化人物典礼的亮点之一。开书店，不是潘立辉的职业，而是他的生活。潘立辉将生活与梦想结合，人生变得有滋有味。

第九位获奖者梁冰女士与我们也有很大距离。

第十位获奖者是姚明。在姚明的身上，再次展现了文化内涵的丰富。姚明，男，三十二岁，中国国籍，从中国走出去的美国

NBA及世界篮球巨星，中国篮球史上里程碑式人物。

姚明与传播中华文化的关系是什么呢？姚明以高超球技和顽强进取精神、谦逊幽默气质这些具有典型中华文化内涵的人格魅力，赢得了世界声誉，让世界通过姚明对中国有了新的了解与认识，让更多的人关注、喜爱篮球。

当我们在解读姚明获奖的缘由时，对文化传播在今天的意义有了新的认识。音乐、文学、绘画作为人类传统的文化传播手段，在漫长的历史里发挥了重要作用，而随着时代发展，人类活动的种类越来越多，文化传播的手段也在随之丰富。当体育作为人类共同的活动时，体育明星自然而然地成为文化传播的媒介。

姚明的获奖，再次揭示了这样一个道理：文化与人类共存。当人类社会向前发展时，文化的内涵也在随之生长。文化传播的手段应是与时俱进的、丰富的、多层次的。

乡土盛典

2012年12月7日晚，北京，中国农业电影电视中心演播厅。

舞台上一束追光亮起，光束中，唐装老人正细致地印制木版年画："乡土盛典"字样跃然纸上……

"2012乡土盛典"如约启幕。

本届"乡土盛典"以乡土文化风采榜为载体，推选出陈平、马未都、常嘉煌等十位在乡土文化传承、保护、发展、创新方面做出巨大贡献的人士。在十位"乡土文化风采榜"年度人物中，记者将着力介绍以下三位：

马未都，收藏家、观复博物馆馆长。

1996年，马未都创立中国第一家私人博物馆——观复博物馆，馆藏珍贵文物数千件，其中不少珍品为当年流失海外的国宝，全部由其个人出资才得以重回祖国怀抱。时至今日，观复博物馆每年接待数十万观众，通过馆藏的各类文物珍品，使观者深刻地感受到了文物背后那厚重的历史遗存价值。多年以来，马未都从收藏的角度深入研究传统文化，在他看来，中国的文物包含了中国文化几乎所有的信息。他还通过出书、讲座、电视、博客等渠道为传统文化奔走呼吁，累计策划组织文化专题展览百余场，举办文化交流讲座等活动上千次，以其广博的学识和人文情怀备受赞誉。近些年，马未都致力于乡土文化的推广和弘扬，在他看来，了解乡土文化，必须知其史、溯其源，文物是非常好的载体。他还将创办观复基金会，将口号定为"与文化共同远行"，并多次表示，要将观复博物馆捐给公众。

站在领奖台上，马未都说，他的观复博物馆估价将近一百个亿。一百个亿在今天的中国，完全可以进入富人的行列。可马未都并不将这一百个亿放在心里。马未都向我们提出了生命意义何在的问题，也展示了真心热爱民族文化者的本来面貌。

李大伟被称为文化幸福工程的引领者。李大伟的颁奖词是：博士从政，不为身后留名；学以致用，只为造福桑梓。他用5A级嵩县的宏图向世界发出邀请，以文化为家乡人打造幸福民生。

李大伟，河南嵩县县委书记，中科院人文地理所博士后。其执政理念告白：文化兴嵩，生态立县，打造5A嵩县，扮靓美丽中国。履任以来，他敏锐地意识到传统文化的重要性，依托于当地文化资源，向传统文化要旅游，向传统文化要产业，向传统文化要地方名片。数十次深入全县所有乡镇，走访调研，并从学术角度对国内外的区域文化发展成功模式、经验教训深入分析，并做了五十余万字的笔记。在他的关心和扶持下，数十项民间文化遗产得以大力保护、合理发展。为了传统文化能够蓬勃发展，他大胆地提出了"5A嵩县"的县域长期发展规划，并且设计打造"文化幸福工程"，让文化不仅变成生产力，同时注重生态环境与文化产业同步发展，最终提升群众的文化自信、文化自尊，从而产生群体幸福感。他的设想一经提出，不仅在业界引发广泛关注，还为广大的从事传统文化产业的群众提供了发展空间。在李大伟的主持推动下，嵩县传统文化的保护与发展取得长足进步，群众业余文化生活日益丰富，精神面貌整体提升。与此同时，嵩县民间文化产业也蓬勃发展。

我们在高喊"文化强州"的口号时，李大伟的事迹对文化如何从政府执政理念到具体落实到民间可能给出了一点启示。

覃保来，民俗文化学者、湖南省邵阳市文化馆馆长。

上世纪80年代末，邵阳有100多种民间艺术。到2002年只剩下26种。原来登记注册的艺人有366个，只剩下57个。过了两年，又有7种民间艺人因为老艺人去世而只剩下了物质陈列品。覃保来痛心不已。2001年，覃保来因旧伤复发离岗休养，从邵阳市文化馆馆长岗位退下来，一直钟爱民间传统文化的他，哪能闲得住，他重新背起打仗时的那套行装，一张凉席、一床蚊帐、一条睡袋，他走村穿寨，爬山越岭。渴了，一口山泉水；饿了，一包方便面。晚上就睡在农民家里或者村里学校的课桌上。

风里来雨里去，到2004年，整整三年时间，行程两万多公里，覃保来跑遍了全市12个县市区的197个乡镇、1850多个村寨，走访了2146名民间艺人，记录了300多万字的文字资料，拍摄了35000多张图片和600多个小时的录音录像资料，搜集了近千件珍贵文物，并为其中103项独具邵阳特色的项目和200位身怀绝技的老艺人建立了文字、图片、音像、实物资料档案，覃保来已完成了几乎所有的前期工作。他所挖掘整理的103项民间文化遗产代表作，21项成为湖南省级保护项目，79项成为邵阳市级保护项目，这里面倾注了他的全部心血。

在抢救和保护非物质文化遗产十年的艰难过程中，覃保来曾三次病重、两次病危，都从不言放弃。有一次在隆回县滩头镇进行普查时，突发大面积心肌梗死，被紧急送往医院抢救。但在脱离生命危险、施行心脏搭桥手术后，休养不到一个月，他在家人的陪护下，下乡考察去了。

覃保来的故事，让我们看到民间文化保护者的艰难与坚守。像覃保来这样的民间文化保护者，我州并不缺乏。当我们在为覃保来的故事感动时，也盼望政府给予他们更多的关心和支持。这也是覃保来们的希望。

聚焦三任总理答记者问

——谈中国民主发展与媒体人暨公民之责任问题

前　言

3月17日，国务院总理李克强和副总理张高丽、刘延东、汪洋、马凯，与采访两会的中外记者见面，并回答记者问题。记者会上，以"忠诚于宪法"为前提，以"壮士断腕"为决心，坚决推行改革的总理，受到人们的关注。

在众多的声音中，一个观点吸引了我的注意力：媒体人"跟不上趟"。

3月17日记者会后，微博上有人认为是总理追着记者而不是记者追着总理，"李克强的回答比记者的提问更尖锐"。

作为新闻人，我敏锐地感觉到，记者追着总理与总理追着记者这两者之间的巨大差异（前者体现出媒体人站在社会发展的前沿，后者则反映出媒体人对社会进步方向把握不准）；敏锐地感觉到在这巨大差异的背后，隐藏着的是关乎中国民主进程的深层次问题；敏锐地感觉到，今天，中国民主走到了一个和以往不相同的时代，这个时代的重要问题将不是政府推不推行民主，而是民众渴不渴求民主。

作为新闻人，自认有责任和义务关心中国的民主进程问题，为此，将朱镕基、温家宝、李克强三任总理任职时对媒体的答问做对比，从中管窥中国的民主历程，并试图从媒体人暨公民的责任角度去看中国民主的未来。

一、记者会上的记者表现

媒体人，素来被看作探知社会发展的扫描仪，对社会发展方向具有高度灵敏性。这可由1998年朱镕基总理答记者问及2003年温家宝总理答记者会时，记者的提问得到印证。

1998年，香港无线电视记者向朱总理提出问题：当年"六四"事件对新政府有没有历史经验可以吸取？您曾说过，不管香港成为什么基地您都会去香港，请问您再去香港时如果有人请愿要求平反"六四"，您怎么看？

发生在1989年的政治风波是一个敏感话题，可香港无线电视记者却将问题摆了出来。随后，香港凤凰卫视中文台记者又向总理提出，如何看待人们称他为"经济沙皇"。整场记者会中，朱总理还让李岚清、钱其琛两位副总理代答有关提问。

由此可看出，1998年，记者对总理"步步紧逼"，大胆地提出人们想说而不敢说的问题。

2003年，记者会上，新华社记者向温总理提问：对海外媒体的两种说法："一种说法是我国经济体制改革近年来取得了明显的成果，但与经济体制改革相比，政治体制改革的步伐相对缓慢；另一种说法认为，我国反腐败工作，越反腐败案件越多，涉案的政府官员级别越来越高，金额越来越大。"有何评价？新一届政府将采取哪些措施推动我国政治体制改革进一步深化？对建立清正廉洁高效的政府，有何设想？

中央人民广播电台记者向总理提问，农村税费改革怎么才能走出"黄宗羲定律"这个怪圈？

政治体制改革与农村税费改革，在世纪之交都是敏感话题。回看2003年记者会，可看到记者不仅没有回避问题，而且以尖锐语气向总理发问。

然而，3月17日，李克强总理亮相于众记者时，对宪法宣誓的全新开场白，使记者们出乎意料。整理整场会议，可看到，记者们的提问，只有泛泛的施政目标、反腐败举措、改革的下一步目标等问题。这些缺乏尖锐性的问题与总理的回答，形成鲜明对比。故而，会后有知名媒体人说现场媒体人的语态有点跟不上趟了。有网友说，其实不只是语态问题，说明记者对这次记者招待会的开放尺度没判断准。

3月17日的记者会上，媒体人第一次"跟不上趟"。这让记者去思考，十五年间，中国的民主发生了怎样的变化？在民主的未来发展中，媒体人该扮演什么样的角色？作为一个普通公民又该做些什么？

二、改革话题贯穿答问

以民主为主线，当回顾三次总理记者会时，可以看到历次记者会上，改革是必问问题。

1998年3月19日，国务院总理朱镕基及四位副总理与中外记者见面。根据当年的《人民日报》3月20日第一版的资料显示，在记者会上，朱镕基一共回答了包括民主选举制度、国企改革、"六四"风波、亚洲金融危机、中俄关系、中国入世等十一个问题。

2003年3月18日，温家宝总理在首次记者招待会上回答了包括政治体制改革、伊拉克战争、农村税费改革、腐败等十五个问题。

2013年3月17日，新任国务院总理李克强在记者招待会上回答了包括机构改革、反腐倡廉、食品安全、环境保护、两岸关系等十一个问题。

据初步统计，三任总理的首场记者见面会，李克强29次讲到改革；温家宝34次讲到改革；朱镕基讲改革有26次。三场记者会，改革话题被提及总计达89次之多。

由此，可以说，"改革与开放"是中国——这个目前的发展中国家的主题；由此，可以说，执政党致力推行改革；由此，可以说，将民主进程等问题，全部推给执政党，是轻率的、对历史不负责任的"怨言"。

三　改革内容变迁

十五年间，中国民主走过了一条怎样的路，以三次记者会上总理的答问整理出了脉络。

十五年前，朱镕基回答"哪些是改革迫切需要解决的问题"时，一次列出了粮食流通体制改革、投资融资体制改革、住房制度改革、医疗制度改革、财政税收制度改革、政府机构改革等六项改革。

十年前，回答怎样推进政治体制改革时，温家宝说："政府要自觉接受人民代表大会的监督，接受政协的民主监督，接受群众和舆论的监督。只有让人民监督政府，政府才不会懈怠。只有人人负起责任来，才不会人亡政息。"

今年，在回应《联合早报》关于机构改革难度的提问时，李克强说，"这是削权，是自我革命，会很痛，甚至有割腕的感觉，但这是发展的需要"，"我们要有壮士断腕的决心，言出必行，说到做到，绝不明放暗不放，避重就轻，更不能搞变相游戏"。

除了回答媒体有关改革的提问外，三任总理在回答其他问题时，也经常谈到改革。

三任总理重论改革，既表明了改革的重要性和迫切性，也折射出改革逐步深入的过程。

朱镕基任总理时期进行的改革，还在表层，无论是粮食流通体制、投资融资体制、住房制度，还是医疗制度、财政税收、政府机构，都还没有触及根本。改革的根本，是政治体制改革。

五年后，温家宝接过改革的重任，触动到根本性问题——政治体制。然而，此时，中央对政府采取的仍然是包容态度。"政府要自觉接受人民代表大会的监督，接受政协的民主监督，接受群众和舆论的监督。"其中，"自觉"一词反映出这场改革只可能浅尝辄止。自觉的行为能否见效，完全取决于政府能否自律。用自我约束力来考验手握权力者，这对人的意志实在是莫大的考验。

十年后，李克强说，"这是削权，是自我革命"，"现在触动利益往往比触及灵魂还难。但是，再深的水我们也得蹚，因为别无选择，它关乎国家的命运、民族的前途。"从李克强这些掷地有声的话里，能听出的是，改革政治体制已不再点到为止，政府准备应对一场艰苦的攻坚战。

政治体制改革的主要内容是民主与集权的关系。透过三次记者会，可看到，执政党以稳步推进的势态，逐步加大民主力度，制约集权力量。如今，政府已有了与集权做生死一搏的准备，作为普通公民是否有推进民主的责任感呢？

四、与改革同行的民主事件

民主是个抽象名词。民主，以具体事件来体现。记者整理了与记者会相关的民主事件，详细看中国民主的发展。

1998年，美国《时代周刊》记者提问：上周我曾有机会到吉林省和辽宁省去观摩了当地的村民委员会的选举，这种选举使得村民有机会选出他们希望选出的村长，或者是把他们不喜欢的村长赶下台。您个人对于建立这样一种体制是否支持？也就是说允许所有十八岁以上的中国人能够选举不仅是他们所在地的领导人，而且也能够选举国家领导人，包括国家主席和总理……

朱镕基：我知道已经有一个美国的基金组织到中国来对这种选举进行过调查，并且发表了非常肯定的意见。目前，这种民主的制度不但在农村，而且也在企业中实行，例如，民主评议厂长，民主审查财政账目，一部分企业民主选举厂长等等。……

美国记者与朱镕基的一问一答间，一种新型选举制度在中国大地推行——公推直选。2001年，四川平昌等地首次运用公推直选，使坚持人民主体地位与尊重党员主体地位有机地融合在一起，推动了基层党内民主与村民自治的有机衔接。村民选举村长，农民行使自己的选举权。这是民主的一大进步。随着公推直选的推行，基层百姓自己为自己做主的意识得以增强。

2003年，温家宝在回答新华社记者提问时说，该届政府推进政治体制改革打算从三个方面入手：第一，建立科学民主的决策机制，重大的经济决策、重大的经济问题和重大的经济项目要经过充分论证，形成领导、群众和专家相结合的决策机制。第二，依法行政。政府部门和工作人员都要按照宪法和法律执行公务，同时又要接受宪法和法律的约束和规范。第三，民主监督。政府要自觉接受人民代表大会的监督，接受政协的民主监督，接受群众和舆论的监督。

温家宝总理回答记者问后的十年间，记者的印象里，民主向前迈进的事件有：听证会和官员问责制。记者亲身参加过一次听证会，是关于电价调整的。电价调整，是与百姓利益切身相关的重大经济决策。过去，这些与百姓利益息息相关的事情，往往都由政府说了算。听证会却给了百姓对政府说"不"的权力。记者参加的那次听证会，政府相关部门对为什么要涨价必须给百姓一个详细、透彻的解释，为此，政府部门做了大量工作。这也是过去没有的。而涨多少价，政府部门必须根据当前的物价、百姓生活水平等综合考虑，给出百姓能够接受的价格。

听证会的召开，群众利益不再被政府官员轻易决定。通过听证，重大经济决策、经济问题、经济项目不再只是政府拍板。尽管，如今百姓与专家的声音还不是那么洪亮，甚至百姓还没有充分维护自己权益的意识，可民主毕竟又向前迈进了一步。

自2003年非典开始，问责制即走进了公众视野。2008年，各级党政部门继续积极推进问责制。2008年初，国务院第一次全体会议通过了《国务院工作规则》，明确提出国务院及各部门要推行行政问责制度和绩效管理制度，并明确问责范围，规范问责程序，严格责任追究。行政问责制第一次写进《国务院工作规则》。

推行问责制，带来的影响是：无论官员还是公众，对重大安全事故中的官员下课已经开始习惯。如三鹿奶粉事件中就有国家质量监督检验检疫总局局长李长江、石家庄市长冀纯堂、石家庄市委书记吴显国下课。随着问责制的推行，当官不再是一件那么容易的事。

温家宝总理任职期间，留给记者回忆的还有，他和网民们在网上交流的事件。2009年、2010年、2011年，全国两会期间，温家宝到中国政府网、新华网，与网民在线交流，对物价、房价等进行畅谈。基层百姓与总理面对面交流，打破了官与民一贯的界限。

以具体事件为例，可以看到十五年间，"自上而下"与"自下而上"正在结合，纵向民主模式逐渐在中国大地呈现。公民开始真正有效参与到国家大事中，民主逐渐真正在中国大地落实，底层的声音逐渐影响到高层决策。执政党不再满足于"自上而下"，它渴望听到底层声音，故而，要求媒体人"走转改"。记者写到此处时，一种辛酸感涌上心头。媒体人的头上有着太多耀眼光芒，"社会的良心"、"无冕之王"等等，然而，不知何时，不少媒体人渐渐失去了新闻人的敏感，"走向基层"这一天职，竟要中央发文要求，然后执行。

五、"自下而上"对"自上而下"的影响

也许，有人会说，"自下而上"真的行吗？今天，具备"自下而上"的可能性吗？这可由一件事作答。

全国两会期间，记者看了一本书：《大转型　中国改革下一步》。该书作者是经济学家韦森，其观点是：财税体制改革是撬动全面改革的一步重要棋局。因为财税体制改革除了共识大、改革成本小，容易推进等因素之外，还可以促进经济体制改革。此外推进"税权法定"和"预算民主"改革，对于社会主义民主政治具有重要意义。因此，财税体制改革不仅牵一发而动全身，而且具有多重效应，杠杆作用非常明显。

关于该书，我已写下评论。老师让我在网上找一找高层人士的看法。可没找到。

然而，在李克强总理回答中央电视台记者关于改革的提问时，我找到了间接的评论。

李克强说："我之所以说改革是最大的红利，是因为我国社会主义市场经济还在完善过程中，靠改革进一步解放生产力还有巨大的潜力，让改革的红利惠及全体人民还有巨大的空间。我们要坚持市场化的改革方向，如果说到重点的话，那就是围绕前面讲的三项任务去推进能够牵一发动全身的改革。推动经济转型要

注意发挥财政、金融、价格改革的杠杆性作用，推动公开、透明、规范、完整的财政预算制度改革……"

在李克强的这段话里，可看出《大转型 中国改革下一步》中提到的"能够牵一发而动全身的改革"、"财政预算制度改革"将成为施政措施。这，可能就是对该书的最大肯定。

由此，可看出，"自下而上"的智慧对"自上而下"执政的影响。由此，记者也想到，老师曾说过的一句话："共产党不是谁家的党，它需要全民参与共同改良。"新中国与封建社会，在体制上最大的不同是，新中国结束了家天下的历史，共产党不再是李姓家族的党或赵姓家族的党，而是可以与全民发生关系的名词。因此，共产党的事不再只是共产党人的事。因此，社会发展、民主进步，与每个公民都有关系，更与新闻媒体人有关系。

六、民主实现的保障

分析民主进程，不可忽略的一个因素是中国的法制。民主要在大地上生根，需要法制作为保障。让我欣慰的是，李克强总理对法制高度重视。

3月17日，李克强与记者见面，开场白中，李克强说："我们将忠诚于宪法，忠实于人民，以民之所望为施政所向，把努力实现人民对未来生活的期盼作为神圣使命，以对法律敬畏、对人民敬畏、敢于担当、勇于作为的政府，去造福全民，建设强盛国家。"

"忠诚于宪法"，这是三任总理答记者问时，首次提及。

法制是民主的保障。只有当公民的责、权、利与政府的责、权、利用法确定下来时，民主才可能得到最大限度的保障。依法治国，依宪治国，把权力关进制度的笼子，推行宪政，是现代国家必走的道路。

现代社会与传统社会的一个重大区别，就是"法制"代替了"人制"。总结历史可看到：中国，成为新中国后发生的历史悲剧，与法制没有得到真正贯彻有莫大关系。正如此，才有"文革"中，刘少奇抱着《中华人民共和国宪法》含恨而死。《中华人民共和国宪法》规定，公民有人身自由权。但，公民的人身自由权，在人制大于法制时，却是一纸空文。

当李克强总理说"忠诚于宪法，以对法律敬畏"时，记者的心中充满了喜悦。记者会上，李克强也显示出了他深厚的法律素养，以"原罪推论"巧妙地回答了美国记者的黑客攻击问题。这让记者对李克强总理心生敬佩，感受到对未来的希望。

由此，可看到，今天，中国的民主具备了向前大大迈出一步的土壤。怎样迈出这一步，肯定不能只靠执政党的一己之力。

尾　声

清朝末期，"德先生"与"赛先生"降临中国大地。深受专制之苦的中国人开始追求"民主"。民主对中国人来说，不仅是全新的名词，而且是真正属于人的生活。为此，百年来，中华民族为之而奋斗。可以这样说，近百年来，中华民族浴血奋斗的历史，就是一部中华民族的民主奋斗史。故而，新中国成立时，毛主席自豪地向世界宣布，从此，"人民当家作主"；从此，中华民族的历史会跳出"黄宗羲定律"。故而，可以这样说，"民主"就是近百年来中华民族的"中国梦"。

因此，民主的推行，关乎国家兴亡，关乎老百姓的生活能否真正过好。

梳理三任总理的答问，不难看出，中国的民主在渐进地深入发展，但也可以看出，民主的实现，绝不是一件容易的事。

民主的进程，与法制的进程，相辅相成。践行法治，推行宪政，是治国方略。然而，真正依法行政，约束官员尤其是一把手非常困难。

怎样推行民主，经历了惨痛历史教训的中华民族，可总结出这样的经验，现代社会，民主的进程，不能也不应再只是单向"自上而下"或"自下而上"。如果只是"自下而上"，其结果将是暴力革命，这是从悲壮历史中走过来的每个中国人都不愿见到的事。如果只是"自上而下"的改革，那么民主进程将会是漫长的过程。因为，民主，最终的落脚点是每个公民的自身需求。如果公民没有民主的诉求，自上的改革到了底层就会被化为虚无。因此，现代社会的民主进程，必须是"自上而下"与"自下而上"的结合。

今天，尽管改革进入"深水区、攻坚期"，但作为乐观主义者，仍从事实上，而不仅仅是总理的誓言或实言中看到未来的希望。

事实之一即是，媒体人的"跟不上趟"。在我看来，这是一件好事。这表现出，政府敞开了胸襟，期待着公民们对中国未来事业的共同加入。这表明，当下，民众对民主的需求小于执政党的愿望。这表明，当下，推行民主的最大阻力，不是来自执政党，而是民众的觉醒。

还是顾炎武的那句话，"天下兴亡，匹夫有责"。现代社会的"匹夫"即公民，在自我觉醒后，更应有承担责任的意识。今天，人们都在谈论"中国梦"并愿意为"中国梦"而奋斗，如此，中国的民主进程应该是每个公民，既是老、边、少、穷地区公民的事，更应该是走在社会前沿的媒体人的事，也是地方党报这样的小报媒体人的事。媒体人要做的，就是自我的觉醒，然后唤醒民众的觉醒；就是自我责、权、利意识的觉醒，然后唤醒民众责、权、利意识的觉醒。

未来的民主，我相信，必定是"自下而上"与"自上而下"良性循环的民主。唯有如此，每个公民的"中国梦"才会真正实现；唯有如此，中国才会有源源不断的生命力；唯有如此，国与党与家与公民个体才会长长久久地共存于天地间。

最后一点，是有些贪婪的愿望，但也是美好的祝愿！

法治成为国家信仰与中国现代化

社会主义现代化，是中国共产党的执政纲要，是中华民族一以贯之的奋斗目标。当今，中华民族正在中国共产党的带领下，全力以赴实现第五个现代化。其有效途径便是，法治成为国家及人民的信仰。

1954年，第一届全国人民代表大会召开，第一次明确提出要实现工业、农业、交通运输业和国防四个现代化的任务。1956年，这一任务被写进党的八大所通过的党章。1964年12月21日，在第三届全国人民代表大会第一次会议上，政府工作报告首次提出，20世纪内，把中国建设成为一个具有现代农业、现代工业、现代国防和现代科学技术的社会主义强国，并提出了实现四个现代化目标"两步走"的构想。从那以后，四个现代化便成为中国社会主义建设的总体战略目标，成为全体中国人民自觉行动的口号。

四个现代化建立在对"现代化"一词理解的基础之上。中华民族对现代化的认识，是渐进的。改革开放后，邓小平逐步认识到四个现代化不是现代化的全部内容，还应包括社会主义精神文明和社会主义民主建设。1987年以后，"社会主义现代化"取代了"四个现代化"。1992年，邓小平在南方谈话时提出，再有三十年的时间，我们才会在各方面形成一整套更加成熟更加定型的制度。2014年，习近平在继四个现代化后提出第五个现代化，即

"推进国家治理体系和治理能力现代化"。第五个现代化是中华民族进入以人为本的现代社会的关键。

纵观人类历史，现代社会是人类文明一次高度的结晶。以马克思主义政治经济学的观点来看，古代社会其社会结构是，经济基础、军队、王法及顶层的皇权；近代社会其社会结构是，经济基础、军队和警察、法制及顶层的国家政权；现代社会其社会结构是，经济基础与民主政治即以人为本的现代管理（新闻监督、现代教育、人才等等）与以宪法为根本的法治。

在古代社会，因科学技术落后，生产力低下，生产方式均一雷同，因此，能组织大规模人力、物力以抵御天灾人祸的高度集权的皇权专制应运而生。18世纪，英国工业革命与欧洲启蒙运动，掀起了世界近代史波澜壮阔的宏伟篇章。工业革命用机器代替了手工劳作，社会生产力得到极大的提高，人从生存压倒一切的命运中获得了根本性的解放，个体独立的人的意识以及法的精神在公民中得到普及。古代社会的王法及专制皇权在近代被法制及国家政权所取代。20世纪初，第一次世界大战和俄国十月社会主义革命，拉开了人类现代史的序幕，人类在灾难和梦想中进入以和平与发展为主题的现代社会。现代社会，数目字管理是其基本特征，法治取代人治成为政治运行的基本方式；现代社会，意味着人的自由，意味着人可以自我决定其命运。自由是人类永恒的梦想。自由，已成为判断文明高低的标准。进入现代社会，是中华民族伟大的复兴之梦与历史的必然选择。

自秦始皇统一大业以来，农耕经济始终是中国的主导经济，中国也始终处在王朝的历史轮回之中。1949年，中华人民共和国成立。工业化开始在中华大地实施，自给自足的小农经济逐渐被全球一体化的世界经济所代替。2011年，中国成为世界第二经济大国，中国人民从靠天吃饭中得到了解放。四个现代化完成了其经济基础的历史使命。中华民族必然转向国家治理体系和治理能力的现代化的建设。

国家治理体系和治理能力的现代化的核心在于终结人治，开启法治。在法治建设的道路上，作为执政党的中国共产党以及中华民族均付出过惨痛代价，但终究探索出了一条与中国国情相适应的法治之路。1949年，体现全国人民意志和利益的《中国人民政治协商会议共同纲领》起到了临时宪法的作用，成为中国法治道路的原点。1954年，新中国第一部宪法颁行，标志着社会主义法治从过渡期走向成型期，并奠定了依宪治国的基础。1978年，改革开放重启中国法治进程，法治建设进入快车道。截至2014年3月，我国现行有效法律，已经达到242部。《中外合资经营企业法》《民法通则》《物权法》……一部部涵盖生产生活方方面面的法律在宪法的指导下，从无到有，并逐步形成中国特色社会主义法律体系。然而"文革"时期，人民共和国的宪法不能保护国家主席免于冤屈的惨痛警示着中国，社会主义法治建设中一个绕不过去的难题是：党与法的关系。

2014年10月，中国共产党第十八届中央委员会第四次全体会议在《决定》中指出："依法执政，既要求党依据宪法法律治国理政，也要求党依据党内法规管党治党。"这标志着，"党要守法"，成为包括中国共产党人在内的全国人民的共同心声和共识。

中国共产党诞生于中国的特殊国情。自鸦片战争以来，图存救亡成为中华民族压倒一切的前途和使命，保种、保命、保国成为中华民族的第一要务。在此前提下，中国共产党在中华大地建立了新中国，这是不容假设的历史，也是决定性的前提。中国共产党代表了全中国人民的利益，这是其他国家所不能比拟的。其唯一性和独特性，是无法仿造的。因此，中国共产党的政治纲领就是全中国人民共同的政治纲领。坚持共产党的领导，在共产党的领导下多党合作、政治协商，是与中国国情相适应的政党制度。因此，中国共产党的领导是社会主义法治最根本的保证。

法是由国家制定的，是必须实施的。法针对具体的对象，具体的法人。对中国共产党来说，法人即每一届党中央以及从省到县直到村、街道的党委。"党要守法"即任何一届党中央、地方党委都要守法，都必须在宪法下运行，不能凌驾于法律之上，更不能凌驾于宪法之上。

2015年2月2日，习近平总书记在省部级主要领导干部专题研讨班开班式上的讲话，对党与法的关系，给出了明确的不含糊的回答：法是党的主张和人民意愿的统一体现。党来自于人民，因此，坚持党的领导、依法治国，一切为了最广大人民的根本利益，如此党和法、党的领导和依法治国是高度统一的，也是相互依存的。社会主义法治必须坚持党的领导，党的领导必须依靠社会主义法治。党的领导体现为：党领导人民制定宪法法律，党领导人民实施宪法法律，党自身必须在宪法法律范围内活动。如此，《中华人民共和国宪法》给党套上了"紧箍咒"。

"党要守法"将执政党关进了法的笼子，终于结束了绵延千年的人治；与此同时，法是党的主张和人民意愿的统一，将全体中国人民凝聚在有法可依的法之下；自然而然，一个法治成为国家信仰的时代必将到来。

2014年12月4日，十三亿中国人迎来了第一个"国家宪法日"。首个"国家宪法日"将"法治成为国家信仰"作为主题。信仰以希望为基础。一部以现代人权为出发点，以人的幸福和自由为目的的宪法，是可以让中华民族对未来寄予坚定希望的。如此法治，其实质是大同世界的现代化，是可以让全体中国人民信仰的。

法治成为国家信仰，意味着宪法的权威必将深入人心，且内化为"有法必依"的公民道德，外化为"执法必严"的社会习俗，凝聚为"违法必究"的法治共识。法治成为国家信仰，意味着人的时代的全面到来，意味着我国将在政治、经济、文化、社会、生态文明领域全面开启法治，如此，国家治理体系和治理能力的现代化一定会得以实现。社会主义现代化是没有终点的。法治成为国家信仰，必将开启中国现代化的新篇章。

照亮读者的精神家园

——谈甘孜日报副刊对地域性文化的坚守

成功的副刊，本身就是一种品牌，一种引力，一种影响。副刊在于最大限度的激励和唤醒，唯有阳光才能照亮读者的精神家园，唯有色彩才能缤纷读者智慧的眼睛。

——题记

一、甘孜日报副刊承载的功能

在互联网时代，新闻的同质化竞争异常激烈，而报纸副刊则呈现出独特的个性，这是互联网所无法替代的。而地域性文化副刊，则是地域性报纸的点睛之笔，是报纸整体品相的有力保障。

副刊是守护读者的。如果把党报比作一桌富有营养的精神大餐，那么文学副刊版就应该是这桌大餐中一道最诱人、最有风味的大菜。在报纸副刊的历史变迁中，应运而生的地域性文化副刊，不仅成为读者可口的精神佳肴、地方报纸的特色门面，从更深远的意义上来说，地域性文化副刊所挖掘所记载的一地、一事、一人，犹如涓涓细流，汇集而成中华文明的汪洋大海。

经济的飞速发展，一味追求经济利益所附带的不良效应在报纸副刊中也有体现，"星"（明星绯闻）、"腥"（血腥暴力）、"性"（性刺激）成为副刊作品的"主旋律"。读者欣赏品位的降低也是由于报纸副刊的一味迎合。报纸副刊引导着社会思想、道德、文化的发展，引导着读者是非观的确立和受众的关注趋向。

做副刊就像在做食品，它一定要针对读者的口味和喜好去调制与烹饪，四川小吃要有四川的风味，藏餐要有藏味。不是盲目的追随潮流，而是时刻聆听社会前进的足音，追踪文化潮流的走向，在民族文化的溯源和寻根中，在民族精神的开发和重建上，地域性文化副刊出色地承担起了整理、传播、传承民族文化和精神的社会责任与历史使命。

对于甘孜藏区，最大的优势就是拥有独特厚重的文化。甘孜州无可争议地处于康巴文化核心区的主体地位，其文化底蕴深厚、文化魅力独特，可做的文章很多。一部宏大的"格萨尔史诗"及其文化研究，至今已成为一门世界显学；一曲溜溜的《康定情歌》同样迷醉了无数的多情男女，今天的"情歌文化"大大吸引着学者们的注意力。除了"格萨尔文化"和"情歌文化"这两颗耀眼明珠之外，在甘孜藏区，更有被誉为"雪山下的文化宝库"德格印经院和以道孚民居为代表的康巴民居建筑文化、以阿西黑陶为代表的康巴手工艺文化、以乡城疯装为代表的康巴服饰文化等等，以及丰富、独特的民俗风情文化，让无数的人们深情向往。

作为甘孜藏区唯一的党报和唯一的报纸，《甘孜日报》，除了牢牢地抓好全国上下一体的政治、经济宣传外，如何更加发挥好"发掘、传承、宣传"本土文化的作用，显得尤为重要，而发挥这个功用的直接载体就是其副刊。

二、突出地方性，拓展本土文化

副刊要办自己的风格，必须突出地方性，要具有乡土气息、地域特点，副刊姓"副"而不"糊"，把副刊"正"着办，这样才能办出不同于"一般"的"个性"。

藏区地方党报必须充分利用历史资源和文化资源，挖掘其他媒体没有涉足过的，或者涉足不深，但能唤起市民的情感与文化记忆的题材，可以创造出独特的版面，塑造出独特的气质与视角，培养一批忠诚的读者。在新闻版面大体相同的状况下，这种独特气质的形成，更多要靠副刊来完成。

甘孜日报副刊多年开设的地方栏目有以康巴文学为主的《雪花》和以康藏文化为主的《五色海》，这两个栏目轮番交替发表文章，帮助读者了解甘孜，吸引读者热爱甘孜，激励读者建设甘孜。

"格萨尔文化"、"情歌文化"、"民风民俗文化"等独特厚重的文化是甘孜州最大的优势。为此，《甘孜日报》以康藏人文为主要内容的《五色海》栏目在1996年主持召开了关于"康定情歌"的大讨论，大讨论对"康定情歌"曲调、歌词、作者等进行了深入挖掘。通过讨论，人们不仅对康定情歌有了更深入的了解，还形成了以郭昌平为首的一批"康定情歌"专家。1996年，《五色海》栏目还创办了《格萨尔故里》专栏，刊发关于格萨尔的文章，发展了格学、弘扬了格萨尔文化。1996年，《五色海》栏目还以专家专人形式开辟了专栏，刊发史料。如龚伯勋长河说古、董祖信史学随笔、贺先枣地名专栏、骞仲康图画康定等，丰富和补充了甘孜州人文历史。2005年，《五色海》栏目还开辟了《康人列传》专栏，刊登了一大批为甘孜州历史、文化做出杰出贡献和影响的人物，如康巴之花——益呷、全国著名藏族诗人——列美平措、用图文记录康巴的第一记者——龚伯勋等。此外，《五色海》栏目还设置了《生存家园》《手工艺长廊》等专栏，都对甘孜州文化进行了深度报道。

以文学为主体的《雪花》栏目，2005年开辟了《阅读》专栏，刊发甘孜州籍文化、文学所有专著。2005年，开辟了作家专号，刊发了甘孜州籍所有作家专题。2010年，开辟了文艺界新人专栏，刊发了甘孜州第一个导演多吉彭措、文学新星达真等人专栏。2007年至今，开辟了文学新人专号，刊发了数十位甘孜州文学新人专题，并结集出书。2006年，开辟了记者手记专栏，刊发了甘孜日报社内部记者文学作品，并结集出书。

在市场竞争日趋激烈的今天，《甘孜日报》副刊，始终坚持"只有民族的，才是世界的"，做到从观念、感情、发展空间、工作作风上完全融入本土文化，深入挖掘、整理、宣传本土文化，让副刊深深扎根于本土文化之中，这是《甘孜日报》副刊《五色海》和《雪花》两个栏目能留住读者的原因之一。

三、拓展本土人才资源，加强队伍建设

一支稳定的队伍，是《甘孜日报》副刊等繁荣、发展的原因之一。

《甘孜日报》作为民族地区党报，记者素质良莠不齐，兴趣各不相同。为此，甘孜日报总编辑东风根据记者兴趣，对记者进行分工，让喜欢文学、文化的记者多写文化、文学类稿件，并让记者、全国青年作家赵敏，成为副刊专职记者，满足副刊需求。

此外，立足本土作家的鼎力相助，重视广泛团结协作，充分发挥其业务优势作用，这是《甘孜日报》副刊能繁荣、发展的一个重要因素。多年来，一大批有甘孜州特色情结的作家、文化名人对《甘孜日报》极为关注，如著名作家高旭帆、木子、意西泽仁、贺先枣、龚伯勋等，他们热爱家乡，长期关注甘孜州本土文化，熟悉本地的民俗风情，其语言、思维也形成了一定的风格。

阅读他们的作品，就宛如欣赏一幅幅甘孜州民族风情画。这批作家已成了《甘孜日报》副刊的文学名片、金字招牌。

发现和培养文学新人是《甘孜日报》副刊承担的一项历史使命。多年来，《甘孜日报》副刊发掘了大量文学新人如巴塘县的罗凌，康定县的彭剑君、卓玛，色达县的陈攀峰、黄晓荣等，这些文学新人借助《甘孜日报》这个平台，展露了自己的才华，很多人还改变了自己的命运，有的从乡下调入县城进入文化旅游局，有的进入从县上进入州级机关。这些文学新人让《甘孜日报》副刊稿源源源不断，丰富多彩。这是《甘孜日报》副刊繁荣发展的又一原因。

四、反映本土现实，坚持策划先行

对现代报纸来说，最能体现其特色的，莫过于策划。新闻报道如此，副刊也如此。《甘孜日报》副刊在内容和形式上始终坚持策划先行，使文学的教育功能发挥到极致。

近年来，《甘孜日报》副刊策划的"到跑马山遗憾，不到跑马山也遗憾"，对"跑马山"展开的大讨论；"农民诗人——董德超"，点评董德超其人其诗；"天上牧歌"专版，点评甘孜州文学新人作品等系列，丰富了《甘孜日报》副刊内容，让读者回味无穷。同时，在四川省、民族报业作品评比中，《甘孜日报》副刊也获得了大量荣誉。

跑马山文化旅游开发虽然从上世纪中叶就开始了，但当时只是简单粗放地设计建成一个主体公园。从上世纪90年代起，随着全国经济的发展和全民素养的提高，作为公园的跑马山已经远远不能满足外界人们对康巴历史、康巴文化和康巴环境等进行全方位体验的需求。因此，以跑马山为由头的全州文化旅游产业的开发，成为了政府和文化人关注的焦点。就如何进一步打造好跑马山文化旅游品牌的问题，在政府和民间均展开了大规模的讨论。但遗憾的是，人们长期关注的结果，却成了游客眼中的"两个遗憾"，即：不到跑马山终生遗憾，到了跑马山遗憾终生。

在这样的情况下，《甘孜日报》副刊自然不能冷眼旁观，而是勇挑重担。从2005年12月27日开始，一场以记者主持下的四川省委党校李左人教授做客《甘孜日报》副刊关于民族地区文化旅游发展的长篇谈话为由头而策划的系列讨论倾情上演。整个策划紧紧围绕跑马山"两个遗憾"和"中国情歌城"的打造，针对全州文化旅游开发，大胆提出怎样破解"不到跑马山终生遗憾，到了跑马山遗憾终生"文化怪圈的问题，开展系列专题讨论，至次年7月底止，共推出十个整版专题。讨论得到了州委、州政府及相关部门的充分肯定和大力支持，并在广大读者中引起了强烈反响，社会各界关心关注甘孜州文化旅游事业的有识之士纷纷撰稿参与讨论。就全州的文化旅游开发，来稿或充分地给予肯定、或善意地分析遗憾、或恳切地提出建议。该专题策划开展的系列讨论，不仅对加快甘孜州文化旅游发展起到了积极的推动作用，就策划本身来讲，也得到了业内的高度认同，在2006年度四川新闻奖报纸副刊作品奖评选中，获"文化策划"一等奖。

五、《甘孜日报》副刊未来发展

副刊之于读者，就好比一位老朋友，一份特别的精神田园，能让读者们在看过刺激的视觉盛宴后，愿意到这里休憩一下。作为一个专副刊编辑，我们的专副刊该以何种姿态去守护读者，以吸引更多读者的关注眼球，让读者积极参与，做好与读者的良性互动呢？这无疑是报纸专副刊所肩负的使命，也是我们专副刊编辑应该思考的问题。

要创办一个既符合党报属性，又贴近实际，贴近生活，贴近群众的栏目，就要抛弃自娱自乐的文人办报、"精英"办报思路，让广大读者有机会在报纸版面上讲述自己的"身边人、身边事"，倾诉自己的"人生百味"，让报纸副刊版面成为广大普通群众展现自我和交流学习的平台。

1. 主动参与社会生活，了解当今读者对专副刊的期待。知识经济时代又叫"注意力经济时代"，媒体更是要通过抓住大众的注意力，最终来实现影响大众对事物的认识和关注的目的。要想把专副刊办成留客的精神田园，成功走向市场，副刊人首先要走出"象牙塔"，深入社会，深入民生，充分了解当今读者对副刊的期待。这样，才能了解读者所想所求，才能扩大副刊对读者的影响力，才能充分发挥副刊的作用。

要注意的是，贴近就是影响力。副刊要想稳扎根基，就要研究其所在地域的百姓特点、当地山水环境、民俗风情、历史政经，注意专副刊文章的贴近性和地方特色。而作为《甘孜日报》的副刊，我们最大的读者群就是广大甘孜州人。所以，我们做副刊就像在做食品，一定要针对读者的思想指导人，用优秀的作品影响人和吸引人。

2. 坚持群众办报、开门办报。如何办副刊，即怎样定位副刊，这在甘孜日报内部展开了长久的讨论。起初，有的同志认为，副刊应该办给广大农牧民群众，刊发了大量打油诗、民歌、民谣等。可实践证明，这样的定位是不正确的。后来，甘孜日报根据其党报特色，将副刊定位为给公务人员、事业单位人员办报，同时兼顾农牧民群众。以"白雪"为主，兼顾"阳春"。甘孜州文化底蕴深厚，上至耄耋老人，下到中小学生，喜欢舞文弄墨的人很多。《甘孜日报》副刊在《雪花》栏目中，根据不同读者，设置不同专栏，如为中小学生设置的《花开的声音》《青春风铃》栏目，深受喜欢文学的中小学生欢迎。

成功的副刊都拥有着一批忠实的读者群，提高读者参与度，办属于群众自己的副刊才是副刊的生存之道，就像电视节目靠收视率、电台广播靠收听率标示其成功与否一样，广大读者对副刊作品纷纷发表评价，对副刊编辑建言献策，积极参与副刊创作，才会使副刊蓬勃发展。而副刊编辑主动策划，就社会热点问题、热点文化现象为话题，组织讨论，开拓专题征文，吸引读者参与，才能与读者建立交流平台，让沟通无障碍。

3. 创新栏目，以吸引更多读者和作者参与。有道是"人是衣服马是鞍"，文章是通过版面来同读者见面的。版式的风格也是编辑总体思维的一个组成部分。观念求新，表现手法求新，版面设计自然也应具有强烈现代气息，而不断进行更新换代的电脑软件恰恰为我们的这种追求提供了充足的条件。面对一台电脑，你可以调动你所有的想象力，将"线、网、底"，"黑、白、灰、彩"任意组合，给每一篇文章穿上美丽的衣裳。

好的副刊编辑，一定要使版面定位明确，特色鲜明。在日常编辑工作中，作为专副刊编辑，我们常会遇到这样的问题，那就是我们需要"白菜"，作者却送来"萝卜"——很多时候，一些作者投来的作品很好，但因为不符合我们的版面需要，而不得不忍痛割爱。这样的时候，我们就要耐心向积极投稿的作者解释报纸的版面定位。作为编辑，我们对版面了若指掌；但对于读者、作者，他们中大多数人并不明白编辑的选稿指向，编辑必须使他们非常清楚明白你经营的这块版面的所求所需。

党报副刊只要遵循"贴近实际、贴近群众、贴近生活"的原则，对社会生活进行广泛渗透，对社会热点、焦点、难点及时参与、评析与指导，对大众百姓的衣食住行等涉及生存、发展状况的人文关怀以及情感世界密切关注，就可造就能读、可读、耐读、必读的优势，进而促进报纸融入市场大潮，走进千家万户。

六十年探索民族报业副刊发展之路

2012年7月2日，对《甘孜日报》副刊来说，是又一个值得纪念的日子。从那一天起，在《甘孜日报》正刊上刊发副刊的历史结束了。

2012年7月2日，一张全新定位的《康巴周末》呈现在读者面前。该日刊出的《康巴周末》一改过去都市报与晚报之间的定位，走向大文化的道路。该日《康巴周末》不仅有原《甘孜日报》正刊副刊中的从静态角度展现康巴高原上鲜活的文化及人、展示这片土地上所有民族的生存状况与他们精心守护的精神家园的两个栏目《康藏人文》与《康巴文学》，还有从动态角度展示康巴文化发展的栏目。从此，《甘孜日报》副刊从正刊中正式脱离出来，成为独立副刊，并且动静结合，向着圆满发展。

这标志着《甘孜日报》经过几代报人的探索，终于走向了成熟。

探索道路之一

从创刊之日起，《甘孜日报》即在探索如何定位正副刊、如何办出报纸的自身特色。探索的步伐，近六十年来，除"文革"特殊时期外，从未停止。

"为农牧民服务"是副刊最初的办刊方向。其方针体现在以下几个时期：

1954年8月23日，第一张《康定报》与读者见面，标志着甘孜藏区有了一张正式的报纸。那时的副刊名称为《民间文艺》，主要任务是收集整理康巴藏区优秀民歌及民间故事与创作诗歌，反映全国及藏区在新中国成立后人民群众的喜悦心情。这与当时的全国政治大气候是相契合的。

1957年《甘孜日报》（那时叫《甘孜报》，下同）有了我州当时唯一的文学阵地——《短笛》。在第一代副刊"主持人"杜冰琨等人的积极推动下，《短笛》发表了大量本土文人创作的诗歌、散文、随笔以及收集整理的民歌、民间故事等。本土文人创作的诗歌多是打油诗形式，其散文、随笔以歌颂劳动人民为主题。

其后，《甘孜日报》副刊同《甘孜日报》一道经历了"文革"时期的停刊。1976年，《甘孜日报》复刊，把"培养文学、文化新人"纳入了报纸的总体目标。龚伯勋主持副刊工作。此时副刊栏目定名为《农奴戟》。上世纪80年代，《甘孜日报》在办报近三十年后，终于正式创立了纯文学副刊《雪花》和文化副刊《五色海》。从此，我州一大批有理想、有抱负、有才华的文化人有了充分展示才华的阵地。但其文学创作方向仍倡导为农牧民服务，此状况在上世纪80年代末有了根本性转变。

探索道路之二

上世纪80年代末，一批有文化、有理想、热爱文学的青年如杨丹叔、窦零等来到《甘孜日报》社。他们就副刊办刊方向与当时的副刊主持人周文强展开了辩论。杨丹叔等人认为：副刊为"农牧民群众服务"是不切实际的，与报纸当时的受众是不相契合的。当时，摆在《甘孜日报》人面前的实际情况是，我州广大农牧民群众文化层次低，甚至不识字。如此文化层次的农牧民群众，面对《甘孜日报》上刊发的诗歌、散文，即使是最通俗的打油诗可能也无法读懂。加之当时《甘孜日报》的发行还没有深入到农村、牧区，读者以机关公务员为主体。本着报纸为读者服务的原则，《甘孜日报》副刊的服务对象应调整为：机关公务员、文化人以及关注康巴文化、康巴文学的外地读者。而对农牧民群众则应从政治、经济、生活等方面进行关心和关怀。文学为农牧民群众服务为时尚早。

通过辩论，《甘孜日报》副刊办刊方向发生转变，向"纯文学"和高端文化发展。

尽管，在经历了三十多年的探索后，《甘孜日报》副刊办刊方向终于与州情、与受众相符合，但在上世纪90年代，《甘孜日报》副刊却经历了最大的一次考验。

上世纪90年代初期，因多种原因影响，全国除《人民日报》《光明日报》《中国青年报》《新民晚报》四家国家级报纸仍坚守副刊阵地外，其余报纸副刊均由版面萎缩到最后停刊。各地报纸均追逐经济利益，副刊因无法带来经济效益，被人们"自然"地叫停。这个时期，可说是报纸副刊的"黑暗时期"。

在如此报业大环境下，《甘孜日报》副刊何去何从，《甘孜日报》社内部展开了长达十多年的激烈讨论和"你死我活"的斗争。有人认为，《甘孜日报》应顺应时代浪潮，停办副刊，将副刊版面让出来办成经济、时政甚至娱乐等栏目。而以《甘孜日报》社原副总编辑赵蜀康为代表的有识之士却认为，以康巴文学、康巴文化为主要内容的副刊是《甘孜日报》的特色，必须坚持，况且我州经济与内地相比较并不发达，办全国统一特色的报纸与州情并不吻合。因此，在副刊编辑杨丹叔和原总编辑郭昌平等人的支持下，副刊得以保留下来，成为全国唯一坚守副刊的省及地区级报纸。这是《甘孜日报》人迄今为止的骄傲。如今，在

《甘孜日报》的历史上，人们将记住上世纪80年代至新世纪曾主持副刊工作的胡庆和、周文强、窦零、杨丹叔、周华等人。

探索道路之三

经历了考验的《甘孜日报》副刊，在新世纪迎来了黄金时期。随着上个世纪末本世纪初全国"厚报时代"的来临，《甘孜日报》副刊迎来了发展史上的一个春天。

在《甘孜日报》最终实现了办日报的梦想后，副刊得以进一步规范化、系统化、专业化，并明确提出了副刊的办刊宗旨为"记录时代、见证历史、传承文化；介绍康巴作家、作品，培养康巴文学新人；致力于把康巴文学推向世界"。这期间，主持副刊工作的是杨丹叔、张永才、张林、王朝书等。随着"厚报时代"的到来，1996年，《甘孜日报》副刊又一次走上了探索发展之路。1996年，因报纸文化的发展需要，《甘孜日报》从副刊中分离出一支，创办了定位于都市报与晚报之间的《甘孜报月末版》，后改版为《甘孜日报周末版》。2004年，《甘孜日报周末版》更名为《康巴周末》。《康巴周末》的创办为后来副刊的独立发展奠定了基础。

《康巴周末》创办后，做了不少精彩的新闻策划、文化报道，如新闻《我州发现新物种矮岩羊》《石渠惊现格萨尔文物》；文化策划：《康巴老照片》《康定洪灾十年祭》《寻找远征军将士的足迹》。一个个有力度的新闻策划、文化报道，得到的不仅是读者的首肯，还博得了入围中国新闻奖的头彩。然而，运行中，《康巴周末》的定位与我州州情诸多不适应的地方渐渐暴露出来。一个事实摆在人们面前：目前办一张全州性的晚报是不太现实的。

如何办好副刊再次成为一个问题。尤其在2011年到2012年的全国政治大气候和地方政治因素下，"文化"被提到前所未有的高度，《甘孜日报》副刊如何更好地发挥文化作用、服务中心工作，成为《甘孜日报》人思考的重要课题。为此，甘孜日报社先后召开了四次不同形式的会议。

2011年9月，《甘孜日报》社党委书记东风主持召开了《甘孜日报》副刊研讨会，邀请了十多位我州著名专家、学者参会，为《甘孜日报》副刊发展建言建策。

会议上，专家、学者们纷纷发言，如九龙县学者阿期的确总结"康巴人文专页《五色海》600期，雪域山河、学者论坛、史海钩沉、康人外传、炉边漫话、长河说古、格萨尔论坛、天下格萨尔、文化康藏、民俗康藏……编刊的篇篇学术论文，令读者爱不释手；康巴文学专页《雪花》1000多期，康巴画卷、新书架、书海泛舟、阅读与反思、读书札记、散文专题、小说专题……编刊的篇篇文艺作品脍炙人口。此外，编刊的康巴文学新人专号，在培养文学人才方面作了大量的宣传与成长"。作家毛桃建言"《甘孜日报》副刊应多用有美誉度或影响力的作家的稿子"。文化人范河川建议"根据目前《甘孜日报》社的实际情况，每周增加两个版，每周一、三办'康藏人文'，每周二、四办'康巴文学'。在以后编辑人员增加后可以考虑每周一、三、五，二、四、六交叉增版问题"。文学爱好者格绒泽仁提出建议"《雪花》和《五色海》应当抓住这难得的历史机遇，找准立足点，结合康藏实际，多推出具有地域特色的文学作品"。

专家、学者们在肯定《甘孜日报》副刊取得的成绩时，对其发展见仁见智，其中扩版是不少人的共识。

然而，怎样扩版？却是一个难题。甘孜日报社因编辑、记者人手的限制，扩版显然不是一蹴而就的事。

2012年，甘孜日报社总编辑陈思俊先后三次召集我州著名文化人郭昌平、贺先枣、贺志富、格绒追美、列美平措、窦零、胡庆和、尹向东等人以非正式会议形式对《甘孜日报》副刊发展再次进行商讨。

商讨中，《甘孜日报》的办报思路逐渐明晰。

因我州交通条件、传媒条件、民族文化结构的制约，《甘孜日报》不可能走全国统一的报业模式，必须走一条自己独立发展和特色的办报道路。这是康巴文化人们的共识。同时，《甘孜日报》走一条自己独立特色的办报道路的另一个重要原因是：我州与内地相比较，康巴人的生活方式逐渐成为内地人的一种向往，其中的关键因素是康巴的文化和文学。如今，康巴作家群已在全国叫响。因此，结合我州政治、经济、文化等实际，让正刊传递党的声音，体现党报政治家办报的原则；让副刊承担文化的重任并从正刊中脱离出来，这样的办报思路才与《甘孜日报》实情相符合。《康巴周末》定位于晚报和城市报之间的办报宗旨是与州情有一定距离的。因此，《甘孜日报》副刊必须进行新时期的改革。甘孜日报社总编辑陈思俊让正刊副刊编辑杨丹叔、王朝书从正刊副刊中脱离出来并在原《甘孜日报》副刊新闻纸《康巴周末》基础上办出特色的《甘孜日报》副刊。

改版后的《康巴周末》，去掉了原新闻纸中的休闲、娱乐因素，走向严肃文化道路。这不仅切合了我州州情，也更好地满足了当前人们对文化的需求。改版后的《康巴周末》策划了多起重大文化新闻报道，受到读者的欢迎和肯定。

改版后的《康巴周末》传承原正刊副刊的精神，以记录时代、见证历史、传承文化为己任，成为我州见证历史的第一手资料。

从此，《甘孜日报》正、副刊有了明确分工。正刊为我州社会负责；副刊为我州历史负责。它们共同的使命是为生活在这片土地上的人民负责，为未来负责，为国家大政方针负责。

从此，《甘孜日报》既有全国报纸的共同性，又有地方报纸的独立特色。《甘孜日报》成为一张具有独立生命特质、区别于全国其他报纸的报纸。

至此，《甘孜日报》在经过近六十年的探索后，终于成熟了！

精彩历史回顾

多年来，《甘孜日报》副刊牢记办刊宗旨，坚持策划先行，刊发了大量在全国报业均有影响的文章，确立起了《甘孜日报》副刊在全国报业领先的地位。

从1996年起，《甘孜日报》副刊开始了寻找《康定情歌》词曲作者的漫长之旅。在寻访过程中，对《康定情歌》的曲调、歌词、作者等进行了深入挖掘，发掘出了大批与《康定情歌》有关的人和事。通过讨论，人们不仅对《康定情歌》有了更深入的了解，还形成了以郭昌平为首的一批"康定情歌"专家。这一策划，可列为全国报业成功策划之一。

2003年，为打造文化康定品牌，促进我州旅游发展，《甘孜日报》副刊连载了全国乃至世界首部长篇接力小说《弯弯月亮溜溜城》。康定二十一位作家参与其中，开创全国先河。其后，连载文章结集出版《弯弯月亮溜溜城》的创作，是康巴作家群的第一次集体合作和整体展示。

2003年，得荣县召开作家笔会。这是我州县一级举办的首届作家笔会。《甘孜日报》副刊不仅对活动进行了深入报道，还刊登了优秀作家作品，促进该县打造"太阳谷"。

从2005年12月27日开始，一场以记者主持下的四川省委党校李左人教授做客《甘孜日报》副刊关于民族地区文化旅游发展的长篇谈话为由头而策划的系列讨论倾情上演。整个策划紧紧围绕跑马山"两个遗憾"和"中国情歌城"的打造，针对全州文化旅游开发，大胆提出怎样破解"不到跑马山终生遗憾；到了跑马山遗憾终生"文化怪圈的问题，开展系列专题讨论，至次年7月底止，共推出十个整版专题。该讨论破解游客眼中的"两个遗憾"，即：不到跑马山终生遗憾，到了跑马山遗憾终生。该大讨论得到了州委、州政府及相关部门的充分肯定和大力支持，并在广大读者中引起了强烈反响。社会各界关心关注甘孜州文化旅游事业的有识之士纷纷撰稿参与讨论，就全州的文化旅游开发，或充分地给予肯定，或善意地分析遗憾，或恳切地提出建议。该专题策划开展的系列讨论，不仅对加快我州文化旅游发展起到了积极的推动作用，就策划本身来讲，得到了业内的高度认同。

从2005年起，《甘孜日报》副刊开辟作家专号，刊发了甘孜州籍所有作家专题。这在全国也是少有的。我州不仅有丰厚的历史文化背景，更有十多位在全国有一定影响的诗人、作家。《甘孜日报》对甘孜州籍作家的大力推出，为我州后来打造康巴作家群奠定了基础。如今康巴作家群在全国已是一个响亮的口号。

2005年，德格县举办首届格萨尔故里行活动。为配合活动，《甘孜日报》副刊刊发了大量与活动相关的文章，让更多读者了解德格，了解格萨尔。

2007年至今，《甘孜日报》副刊开辟了文学新人专号，刊发了数十位甘孜州文学新人专题，并结集出书。放眼全国，没有一家报纸像《甘孜日报》如此做过。这些文学新人借助《甘孜日报》这个平台，展露了自己的才华，很多人还改变了自己的命运，有的从乡下调入县城进入文化旅游局，有的从县上进入州级机关。这也是《甘孜日报》人的一个骄傲。

2006年至2007年，为充分挖掘我州民族文化，推进我州旅游业发展，《甘孜日报》副刊开辟《手工业长廊》专栏，先后刊发了骞仲康、何晓玉、杨丹叔、张永才所写记录我州手工艺现状及讨论我州手工艺未来发展的文章。这是目前我州对民族手工艺做的最详细的一次考察和报道。

2006年，我州举办中国名作家"康定情歌故乡行"活动。《甘孜日报》副刊再一次拿出七个版面，对活动及参与作家进行专题策划和报道。

2008年，北京奥运会召开，《甘孜日报》副刊胸怀天下，从人性角度出发，关注奥运会，推出了近二十个版面。该策划是迄今《甘孜日报》社对体育活动报道的最高水准。

2011年9月，我州举行首届作家培训班，为配合州文联活动，《甘孜日报》副刊拿出两个版面，对该活动进行详细报道，促进了我州文学事业发展。

……

回顾历史，并不是为了显摆曾经的功绩，而是为了更好地总结过去的经验。六十年探索之路，六十个春秋，当我们回首往昔，我们可以看到，《甘孜日报》探索民族报业副刊发展之路与中国探索一条具有中国特色的社会主义道路是一致的。

当副刊在经过六十年的探索走向一条独立发展的道路时，作为副刊主持人，我们在感到欣喜的同时，也感受到肩上的压力。因为这是数代热爱康巴、热爱文字的《甘孜日报》人用心血树立起的一面旗帜，我们唯一能做的是——让这面旗帜在新时代、新时期高高飘扬！

曾经，我们在"三贴近"原则下
这样报道社会新闻

2003年初，原中共中央总书记胡锦涛带领中共中央政治局委员参观西柏坡，在讲话中提出"贴近实际、贴近生活、贴近群众"的"三贴近"原则。此后，"三贴近"原则成为新闻宣传的纲与目。

2003年10月11日至10月14日，中共十六届三中全会提出"以人为本，全面协调可持续发展观"。由此，"三贴近"原则被赋予了"以人为本"的前提。

"三贴近"原则是我国新闻史上的重要一笔。"三贴近"原则有别于"传播马克思列宁主义、毛泽东思想，阐明党的纲领、路线、方针、政策和任务，进行马克思主义基本理论、党的基本路线、党的基本知识的教育和有理想、有道德、有文化、有纪律的教育，倡导爱国主义、集体主义、社会主义和共产主义思想，宣传坚持四项基本原则和坚持改革开放，提高人们认识和改造主观世界、客观世界的能力和自觉性，为完成党的任务而奋斗的一系列工作"的党的宣传工作。"三贴近"原则在宣传与新闻之间画了一道界线。

宣传工作是党的工作之一，具有强烈的时代特征。党的宣传工作与中国共产党同命运，在波澜壮阔的中国近代史中发挥了重要作用。无论是中国共产党的诞生及发展壮大、抗日战争、解放战争，还是新中国成立后的经济建设，党的宣传工作都很好地在其中完成了"笔杆子"的任务。

随着跌宕起伏的中国近代史的结束，随着中国共产党执政合法地位的巩固，随着社会向理性、健康、有序发展，以"传播马克思主义、毛泽东思想"为目的，鼓舞广大人民群众为争取胜利投入到斗争中的标语口号式的宣传已与时代不相适应。故而，中央提出"三贴近"原则，使之成为新时期宣传的圭臬。

2004年，《甘孜日报》顺应时代潮流，扩改版面，面向社会招聘记者。笔者因而有幸被充实到《甘孜日报》汉文编辑部。当年，汉文编辑部共充实了八名记者。

将群众作为报道主体对象

领会"三贴近"原则，首先必须领会"以人为本"。什么是人？作为人，必然有血，有肉，有痛，有爱，有悲，有挣扎。在标语口号式的宣传下，因宣传的需要，人是被抹去了的。人的痛苦、悲伤、喜悦，都不在宣传的范畴内。因此，作为新时期的记者，首先必须知道，群众是一个个鲜活的有血有肉的人。只有带着这样的情感和认识，才可能报道好采访对象。

2005年底，因《甘孜日报》打破"三项制度"，笔者得以从汉文一版调整到汉文三版做记者。当时，汉文三版的定位是"大副刊"，即"社会新闻＋文化＋文学"。这样的定位正合笔者的愿望。

当笔者到汉文三版报道时，三版责任编辑杨丹叔也在思考新时期如何办报。他对新闻的理解让笔者更明确了采访的要点：带着对人的关怀与关注，才可能写出有新闻现场感的有血有肉的文章。

在杨丹叔的策划下，2006年的第一天，天还未亮，怀着满腔的热情，笔者和同事秦松，顶着风雪，走上大街，看康定形形色色人等如何开始新年的第一天。那一天，记者秦松和晨练者一同在情歌广场跑步；那一天，我们来到菜市场目睹了康定居民一天的生活所需是如何运转的；那一天，我们在街上与环卫工人交谈……当天空敞亮，人们开始上班时，我们结束了采访。

当天采访见报后，总编辑郭昌平非常激动。他说，没想到，"老爷"记者们，居然六点钟就起来采访了。在过去的宣传下，记者报道什么大都是被规定好了的，记者的工作其实是没有多少新意的。缺少创新，记者也就渐渐养成了"老爷"习惯，渐渐脱离群众。

当天报纸，展现了汉文三版"社会新闻"的特色：与群众紧相连。"社会非主流"人群由此登堂入室。尤其，2006年春节即将到来时，责任编辑杨丹叔策划的《2005年 您过得还好吗》及《明天的花儿更美丽》两篇组合报道，轰动了全城。报道中，记者走进打工妹雍金卓嘎、修女冯阿婆、阿訇马泽山以及殡仪馆工作人员等，第一次展示了非主流群体的生活面貌。这是《甘孜日报》建报以来，第一次将目光投向底层。报道见报后，引起社会一片哗然。如此普通的人物也能成为新闻人物？尤其第一次被记者所关注的殡仪馆工作人员，他们历来被视为不洁者，被排挤在社会主流外。

然而，什么是群众？群众正是由一个个平凡而又对美好生活充满憧憬的生命所组成的。"贴近群众"正是贴近一个个活生生的人，无论其职务高低，无论其工种差异，无论其民族为何。在过去的宣传形式下，因要达到鼓舞人的目的，记者所关注的往往是杰出人物、成功人士及被党委政府肯定的人物，即主流人物。"非主流人物"往往被忽略。因此，"三贴近"原则在我国新闻事业上，首次以"人"的名义，将每一个人即群众，纳入了新闻的范畴，这不得不说是我国新闻史上的一次重大突破。故而，我们的实践，开启了《甘孜日报》的新篇章。

从此，汉文三版奠定了自己的报道风格：以朴实的文字如实地报道群众生活，报道社会热点问题。

在责任编辑杨丹叔的策划下，我们写下了：《小偷天堂里的故事》《走进全国文明村金刚村》《记者冒雪探访折多山》《康定城区溜溜客房部发电机致人死亡事件》《关注藏区新农村建设系列报道》《关注民生·爱心大动员系列报道》《记者走基层系列报道》等等文章。

从2006年到2008年上半年，《甘孜日报》三版，每一期几乎都以专题形式出现。专题报道第一次废掉了昔日以凸显政绩工程为目的的传统形象宣传，第一次让报纸真正走进了读者。那时，每天都有读者早早上街买当天的报纸，他们如果看到专题报道就会高兴，如果几天没有专题报道，就会向总编辑郭昌平反映报纸不好看。

直面社会实际

一个真实的社会，永远不会仅是歌舞升平的，而应永远是在矛盾中前行的。然而，在过去的宣传下，为鼓舞人心，社会的矛盾面往往仅以轻描淡写的形式出现。这样的报道与"实际"其实是相违背的。

2006年新年伊始，康定接连发生多起偷盗、抢劫案件。在州府所在地康定，抢劫者居然胆敢明目张胆地抢劫过往行人。带着强烈的社会责任感，经责任编辑杨丹叔策划，笔者及同事秦松走访了案件中的受害者和康定县公安局炉城镇派出所所长以及一些市民群众，写下了组合报道《小偷天堂里的故事》，刊于2006年3月7日《甘孜日报》三版，报道了某小区频频被盗的案件。随后，

我们又做了一组同样性质的报道《直击：新年抢劫案》，刊于
2006年3月27日《甘孜日报》三版，详细描述了锁匠陈中武及青年
尔西尼玛被抢劫的经历。在《直击：新年抢劫案》中，笔者写道：
"新市后街的路灯在晚上十一点钟就熄了，街上黑黢黢的，当陈
中武走到水井酒楼处时，他依稀看见几个人坐在水井子旁边。他
想加快脚步走过去，一个年轻人冲他走了过来，借着街上微弱的
灯光，陈中武看见这个年轻人的头上缠着花布，行头像电影里的
日本武士。年轻人的手里拿着一把长约两尺的砍刀，他用砍刀抵
住了陈中武的胸部，将陈中武逼到了水井子边的一个公用电话机
旁。这时，陈中武明白自己遇上歹人了。怎么办？他还没来得及思
考，紧跟着又围上来四五个年轻人，都是一样的装束，手里也拿
着一样的砍刀。这些人迅速搜了他的身，搜走了他的钱夹，他们连
钱夹里有多少钱也没有打开看，就从嘴里冒出了一个词语'捅死
他'。这时，陈中武才反应过来，他们不仅要抢劫还要杀人。"

这样的文字见报后，引起轰动。以往，涉及社会治安问题的
报道，通常都要等待事件水落石出后，由政法部门提供可以报道
的材料给记者。不如此，则被视为给政府添乱。在这样的"新闻
纪律"下，记者的社会责任感逐渐丧失，新闻的舆论监督作用也
难以发挥。《小偷天堂里的故事》以及《直击：新年抢劫案》打
破了以往社会治安问题的报道规矩，让读者尽快了解了事情真
相。事实证明，如此报道，并没有给政府添乱。反而，因为记者
的介入，澄清了谣言，增强了群众对党和政府的信心。

原本，第一时间出现在新闻现场，是新闻记者的使命。然
而，过去极端时期社会稳定的需要，在一定程度上压抑了新闻记
者的神圣使命。原本，新闻记者与宣传部门的工作人员是有着本
质区别的。新闻记者有着属于自身行业的独立性，而宣传部门的
工作人员则完全服从于党的工作安排。可是，在"三贴近"原则

前，新闻记者的工作与宣传部门工作人员的工作，在本质上并没有多少区别。记者并没有多少属于自己的独立行动权。

"三贴近"原则鼓励记者独立行动。当贴近实际时，笔者感受到了做一名合格的记者并不那么容易。

报道社会问题需要胆识需要经验

社会问题，往往与利益挂钩。这是很多新闻记者不愿意碰触社会新闻的原因。记得，曾经的同事陈建兵写了一篇超载的文章，结果超载司机被罚款被停运，"倒霉"的司机跑到报社大闹。此时，总编辑郭昌平及主编杨丹叔挺身而出，保护了陈建兵。其实，"无冕之王"的新闻记者，在没出台《新闻法》时，不少时候人身安全会受到威胁。因报道社会问题，而被殴打被威胁，这样的例子，并不少见。民族地区，社会问题更为复杂，因此，新闻记者们更不愿意去惹事。

然而，"新闻没有立法，自己要立法"，责任编辑杨丹叔经常这样对笔者及几个同事说。如果作为社会良心组成部分的记者也失去了良知，失去了对社会的邪恶说"不"的勇气，民族以及国家都会危险。因此，尽管写陈中武的经历时，笔者也有些紧张，害怕遭到报复，可想到担负的责任，胸中又有了力量。

出乎意料的是，《小偷天堂里的故事》以及《直击：新年抢劫案》见报后，并没有给笔者带来压力，只有组合报道《在不同的脸盘上、眼睛里，记者看见了一样共同的东西——悲伤的眼泪》，给同事赵敏带来了麻烦。

2006年3月14日，康定城区溜溜客房部使用自备发电机发电时，发生一氧化碳中毒事故，导致九人中毒，其中三人死亡（一人是客房部工作人员），另外六人经医院及时抢救脱离生命危险。

为此，笔者及同事写下了《在不同的脸盘上、眼睛里，记者看见了一样共同的东西——悲伤的眼泪》组合报道，就发电机为何致人死命进行追踪报道。其中，记者赵敏对死者的情况做了介绍。然而，因为采访的疏忽，他将其中一位死者的家庭地址写错了。这可能与死者的赔偿有关。为此，死者家属找到报社，要求交出赵敏。赵敏吓得不敢出门。这时，仍然是总编辑郭昌平与主编杨丹叔出面，制止了事态的恶化。

由此，可以看到，在《新闻法》没出台前，社会新闻做到什么样的深度完全取决于记者以及报社领导的素养。幸运的是，在"三贴近"原则下，总编辑郭昌平给予了我们最大支持。

为保护记者，通过几篇报道，责任编辑杨丹叔以及笔者等人总结出了一些报道社会新闻的经验：将采访功夫做足，人名、地名、家庭等新闻的五个"W"一定要做到准确；注意收集人证及物证，记者所写一定要有证据，如此，才会不怕麻烦。

后来的社会新闻报道，再没有给记者带来多大问题。我们针对康定时不时停电的现象，从发电站、电力公司到州政府，逐级采访，写下了《停电了，怎么办》；在三八妇女节时，针对家庭暴力事件，我们采访了妇联、受暴妇女，写下了《直面家庭暴力 为妇女撑起没有暴力的蓝天》；面对孤苦无依的肾病患者，我们呼吁建立长效机制，写下了《关注民生·爱心大动员》系列报道……

当我们的心跳与群众与社会相连时，我们真正感受到了一名新闻记者的存在价值。记得，报道《停电了，怎么办》时，我们采访了当时的常务副州长王亚光，当天的采访，完全不同于以往的领导采访（记者提前给领导联系，拟好采访提纲，然后领导做好充分准备），记者直接来到王亚光的办公室，请他对事件发表看法。平等地坐在王亚光的对面，这时，笔者体会到一名身负责任的党报记者具有的人格尊严。笔者深深地感受到，记者只有不把自己仅当成传声的"工具"，才可能独立地报道事件，才可能写出群众想看的文章。

一篇夭折的报道

让我们没有想到的是，当我们真实地记录社会时，我们也逐渐将《社会》栏目做到了极致。

2007年下午，康定宾馆门口发生了一起砍人案件。几个年轻人拿着砍刀在康定宾馆门口砍人。阵势就像香港电影，吓坏了不少路人。目睹了经过的同事不敢报道。主编杨丹叔和笔者决定报道这一事件。于是，笔者前往州医院采访了伤者，到康定宾馆前的民贸公司采访了目击者，还采访了目睹事件的同事，此时，笔者做这类报道已经比较有经验了。可是，当笔者所写的一整版稿子已发小样时，总编辑郭昌平却叫停了稿件。至今，责任编辑杨丹叔还珍藏着那一期小样。至于原因，后来，他告诉杨丹叔，据说砍人者中有州领导的亲戚。

心血付诸东流，沮丧是难免的。责任编辑杨丹叔和我们一起总结经验。我们明白了，当法制、社会保障机制远远滞后时，太超前的社会新闻与社会的稳定就会发生矛盾，而社会稳定总是首要任务。尤其，当权大于法的时候，社会新闻的空间是得不到保障的。因此，我们的《社会》栏目已难有进步了。故而，我们后来再没怎么碰触社会问题报道了。《甘孜日报》对社会新闻报道的探索也终止了。

然而，夭折的报道，并不是社会新闻的终点。

2011年，中宣部、中央外宣办、国家广电总局、新闻出版总署、中国记协五部门召开会议，在全国新闻战线组织开展"走基层、转作风、改文风"活动，进一步做细"三贴近"原则。

2012年，中国共产党第十八次代表大会在北京召开，大会提出全面建成小康社会、实现社会主义现代化和中华民族伟大复兴的目标。

中华民族的复兴，必然不仅仅是"自上而下"的事，还应该是"自下而上"的事。只有每一个公民即群众，都投身到时代的潮流中，中华民族的复兴才可能成为现实。因此，民生类周刊成为全国党报的重要版面。2013年12月，《甘孜日报》也创办了首张《经济民生周刊》。该周刊，理论上是《甘孜日报》报业史上的又一次突破，是继副刊从正刊中脱离出来独立办报的又一次突破，是将原正刊中的社会专题新闻脱离出来独立运行的又一次新的实践。

怎么在新时期，办好《经济民生周刊》？这是《甘孜日报》人面临的又一次挑战。

一个纪实时代的到来

8月11日，2014年鲁迅文学奖揭晓。《中国新生代农民工》《粮道》《毛乌素绿色传奇》《中国作家·纪实》《中国民办教育调查》《底色》六篇报告文学作品，首次在公开透明评选下获奖。这个信息透露出的是，纪实即关注社会已经成为时代的主流。

今天，是自媒体时代，即人人都是"记者"，人人都有言说的权利。今天，也是一个纪实的时代。当今，放眼世界，没有哪个国家的国情如中国这般丰富多彩，如中国这般扣人心弦，中国的现实远比小说精彩。因而，纪实是这个时代的使命。在这样的时代，作为新生事物的《经济民生周刊》，其出发点是"经济"，落脚点是"民生"。《经济民生周刊》的经济报道，有别于正刊二版《地方经济》。它是以经济关注民生，从经济的视角讲述民生的故事，用可量化的经济指标展示民生的变化，从而让民生变得具体，让百姓生活变化不再是一些抽象的诸如"幸福"之类的形容词。《经济民生周刊》体现了新时期，党委、政府的工作要点：经济基础与人民生活。只有搞好经济建设，提升人民生活水平，才可能推动政治建设、文化建设、社会建设、生态文明建设。因此，《经济民生周刊》肩负着"传达人民的声音　推动历史的进步"的神圣使命与责任。

当《康巴周末》与《经济民生周刊》成为独立报纸时，作为正刊有着明确的办报方向：一版"自上而下"，传达党的声音；二三版"自下而上"，传达百姓声音。这两道声音都紧紧围绕党的大政方针。而如何写好"自上而下"与"自下而上"的故事？在新闻还没立法之前，"三贴近"原则行之有效。

可以预想的是，新闻的立法并不会遥远。在此之前，需要报人自身的探索与坚守。还是责任编辑杨丹叔的那句话，"新闻没有立法，新闻人自己要立法"。尤其，在以"经济建设、政治建设、文化建设、社会建设、生态文明建设"为目标的今天，群众的诉求已不仅仅是温饱，还有社会分配机制的公平、法制制度的健全等作为人的更高层次的需求。在这样的时代，如果记者还仅仅将自己作为"喉舌"，如果报社领导层还仅仅将报纸作为传达党的声音的工具，是办不好报纸的。

最后，祝愿《甘孜日报》踏着前人的足迹，且行且远。

以《甘孜日报》副刊看党报副刊发展方向

副刊的诞生，原是报纸的附属，为了报纸更有看点。那时，人类的社会分工还不够精细。人类社会进入现代后，分工越来越精细，人类的生活大致分为政治生活（含经济生活）、精神生活。党报正刊承担着人类政治生活的重任，副刊则承担着精神生活的重任。政治生活、精神生活都是人类不可或缺的。正、副刊具有同样重要的地位。今天，副刊已不再姓"副"。两手抓，两手都要硬，是党报副刊的发展方向。

具有六十年办刊历史的《甘孜日报》副刊的发展历程见证了我国党报副刊的发展方向。

一

从创刊之日起，《甘孜日报》即在探索如何定位正副刊、如何办出报纸的自身特色。探索的步伐，六十多年来，除"文革"特殊时期外，从未停止。每一次探索都是与党中央的中心工作相一致的，与全国政治大气候相一致的，与社会发展的必然性相一致的。

1954年8月23日，第一张《康定报》与读者见面，标志着甘孜藏区有了一张正式的报纸。那时的副刊名称为《民间文艺》。主要任务是收集整理康巴藏区优秀民歌及民间故事与创作诗歌，反映全国及藏区在新中国成立后人民群众的喜悦心情，"为农牧民服务"，是副刊最初的办刊方向。这与当时的全国政治大气候是相吻合的。1954年，新中国刚成立不久，甘孜藏族自治州也刚成立不久，百废待兴，共产党的执政合法地位急需巩固，那时，需要一个共同奋斗的纲领，需要自上而下"传播马克思列宁主义、毛泽东思想，阐明党的纲领、路线、方针、政策和任务"，凝聚人心。因而，那时的副刊，延续了革命时期宣传工作的特色，以诗歌（打油诗为主体）、散文、随笔歌颂劳动人民、歌颂党为主题。

1957年《甘孜日报》（那时叫《甘孜报》，下同）有了我州当时唯一的文学阵地——《短笛》。在第一代副刊"主持人"杜冰琨等人的积极推动下，《短笛》发表了大量本土文人创作的诗歌、散文、随笔以及收集整理的民歌、民间故事等。

上世纪80年代，《甘孜日报》在办报近三十年后，终于正式创立了纯文学副刊《雪花》和文化副刊《五色海》。从此，甘孜州一大批有理想、有抱负、有才华的文化人有了充分展示才华的阵地。但其文学创作方向仍倡导为农牧民服务，此状况在上世纪80年代末有了根本性转变。

二

上世纪80年代末，随着改革开放的逐步深入，国民教育水准提高，一批有文化、有理想、热爱文学的青年来到《甘孜日报》社。他们就副刊办刊方向与当时的副刊主持人展开了辩论。青年人认为：副刊为"农牧民群众服务"是不切实际的，与报纸当时的受众的是不相契合的。当时，摆在《甘孜日报》人面前的实际情况是，甘孜州广大农牧民群众文化层次低，甚至不识字。如此文化层次的农牧民群众，面对《甘孜日报》上刊发的诗歌、散文，即使是最通俗的打油诗可能也无法读懂。加之当时，《甘孜日报》的发行还没有深入到农村、牧区；读者以机关公务员为主体。本着报纸为读者服务的原则，《甘孜日报》副刊的服务对象应调整为：机关公务员、文化人以及关注康巴文化、康巴文学的外地读者。而对农牧民群众则应从政治、经济、生活等方面进行关心和关怀。文学为农牧民群众服务为时尚早。

通过辩论，《甘孜日报》副刊办刊方向发生转变，向"纯文学"和高端文化发展。

尽管，在经历了三十多年的探索后，《甘孜日报》副刊办刊方向终于与州情、与受众相符合，但在上世纪90年代，《甘孜日报》副刊却经历了最大的一次考验。在全国性去副刊的浪潮中，《甘孜日报》副刊经过长达十多年的斗争，最终，得以保留下来，成为全国唯一坚守副刊的省及地区级报纸。

三

经历了考验的《甘孜日报》副刊，在新世纪迎来了黄金时期。在《甘孜日报》最终实现了办日报的梦想后，副刊得以进一步规范化、系统化、专业化，并明确提出了副刊的办刊宗旨为"记录时代、见证历史、传承文化；介绍康巴作家、作品，培养康巴文学新人；致力于把康巴文学推向世界。"

随着上世纪末本世纪初全国"厚报时代"的来临，《甘孜日报》副刊迎来了发展的一个春天。那时，互联网、手机尚未普及，人们获得信息的渠道除电视外，主要是报纸。上世纪末本世纪初，随改革开放的进行，人们对精神生活的需求、对信息的需求超过以往任何时代。为人们提供大量信息的厚报、晚报应运而生。随"厚报时代"的到来，1996年，《甘孜日报》副刊又一次走上了探索发展之路。1996年，《甘孜日报》从副刊中分离出一支，创办了定位于都市报与晚报之间的《甘孜报月末版》，后改版为《甘孜日报周末版》。2004年，《甘孜日报周末版》更名为《康巴周末》。《康巴周末》的创办为后来副刊的独立发展奠定了基础。然而在运行中，《康巴周末》的定位与甘孜州州情诸多不适应的地方渐渐暴露出来。一个事实摆在人们面前：目前，办一张全州性的晚报是不太现实的。

时代的发展出乎人们的意料。进入21世纪后，信息大爆炸。随着互联网、手机的普及，人们获得信息的渠道越来越便捷、越来越多元，微信、微博、QQ等快捷地为人们提供着衣食住行的各种信息，互联网已经成为人们生活的一部分，报纸已不再是人们信息源的主要渠道，报纸承担的传播信息的功能越来越弱化。传播信息已交给了互联网。为人们提供生活所需各种信息的厚报时代、晚报时代均已结束。因此，今天再倒退回去办内容猎奇的、服务型的，甚至转抄网络的报纸，是一条死路。

四

当网络来势汹汹后，报纸在新时期如何生存，一度成为报人的关注热点。

2003年，原中共中央总书记胡锦涛提出"贴近实际、贴近生活、贴近群众"的"三贴近"原则，首次在宣传与新闻之间划了一道界线。随着中国革命的结束，随着中国共产党执政合法地位的巩固，随着社会向理性、健康、有序发展，鼓舞广大人民群众为争取胜利投入到斗争中的标语口号式的宣传已与时代不相适应。一统天下的自上而下的宣传已行不通。自下而上的表达已经登场。手法简单、意义既定、标语口号式的宣传已完成了它的历史使命。"三贴近"原则提出后，中央又提出"走转改"，加大自下而上的力度，为党报正刊指明了方向。此后，我国各大党报正刊从内容到版面都做了改版，赢得了群众的喜爱。

新闻发展的年代，如何办好副刊再次成为一个问题。2011年到2012年，"文化"被提到前所未有的高度，这给了《甘孜日报》副刊办刊的方向，即加大文化力度。如何更好地发挥文化作用、服务中心工作，成为《甘孜日报》人思考的重要课题。为此，甘孜日报社先后召开了四次不同形式的会议。

经过商讨，甘孜州文化人达成共识：结合我州政治、经济、文化等实际，让正刊传递党的声音，体现党报政治家办报的原则；让副刊承担文化的重任并从正刊中脱离出来，这样的办报思路才与甘孜州实情相符合。因此，甘孜日报社党委决定，将正刊副刊脱离出来，并在原《甘孜日报》副刊新闻纸《康巴周末》基础上办出特色的《甘孜日报》副刊。

改版后的《康巴周末》，去掉了原新闻纸中的休闲、娱乐因素，走向严肃文化道路。改版后的《康巴周末》传承原正刊副刊的精神，以记录时代、见证历史、传承文化为己任，成为我州见证历史的第一手资料。从此，《甘孜日报》正、副刊有了明显分工。正刊为甘孜州州社会负责；副刊为甘孜州州历史负责。它们共同的使命是为生活在这片土地上的人民负责，为未来负责，为国家大政方针负责。

五

随着时间的推移，社会因缺失文化建设带来的弊病越来越突出；党报以事业的名义行企业之事，不承担事业单位所赋予的神圣使命的弊端越来越明显。党报的改革势在必行。

2014年，中央召开文艺工作者座谈会，会上，习近平指出，"文艺是铸造灵魂的工程，文艺工作者是铸造灵魂的工程师"。习近平的讲话，为党报副刊的发展定下了新时期的基调，即"以真、善、美铸造中华民族的灵魂"。

文艺工作者座谈会结束后，全国各大党报做出反应。2014年11月27日，由中国新闻出版传媒集团主办、大众报业集团承办的首届中国报业集团高层座谈会召开，座谈会围绕壮大主流舆论、深化改革、产业发展、媒体融合等话题，交流探索经验，推动传统媒体和新兴媒体融合发展。

如何办报，《人民日报》《光明日报》《中国青年报》等报业的探索已经给出了答案。

《人民日报》坚持传达党的声音，其社论是立足之处，一报在手，尽可知中国共产党在干什么。中国只有一个执政党，即中国共产党，因此，全中国只有一个声音，即中国共产党的声音，即党中央的声音。地方只需执行、贯彻党中央的决定。对于党报来说，没有等级之分。省、市党报皆围绕党中央而行。省报比照《人民日报》、地市报比照省报，层层发布一把手的声音，"某某强调"、"某某指示"这是封建专制的惯性。以此类推，乡镇长也在当地强调并指示。如此，助长的是个人专制。

除《人民日报》外的党报，要承担的是，总结、探索党已经做了什么，还有什么没有做到，还能做什么。如南方报业的《南方周末》积极探索体制及文化的发展。

报纸如何发展？如今，党中央已有明确方针。党报应承担党的事业的职责，市场报则遵循市场规律。党报绝不允许以牺牲党的事业为代价，行企业之事。党报绝不是妓院，更不是养老院。"安全"绝不是党报的宗旨。

深度化、专业化，是党报的发展方向。也是党报副刊的发展方向。"花花草草"、"歌功颂德"是承担不起"铸造民族灵魂"的重任的。回到上世纪50、60年代，那是开历史的倒车。在这个时代，考量的是报人对党的事业的忠诚度，考量的是报人的专业水准，考量的是报人的文化素养。

可以预想的是，新闻的立法并不会遥远。在此之前，需要报人自身的探索与坚守。"新闻没有立法，新闻人自己要立法"。作为一名报人，坚信只要人类存在，人类的政治生活与精神生活就会存在，以政治生活、精神生活为内容的报纸就不会消失。指向人的心灵，指向人的灵魂是副刊永恒的方向，也是副刊永恒的价值所在。

生活·评论

穿衣与化妆

经常听见熟悉的人说，王朝书现在怎么了，衣服没有以前穿得好看，也不爱打扮自己。不知情的好人这样说的时候，通常抱着同情的心态，以为现在的我很惨，连件像样的衣服也买不起。

对于别人的同情，我还是喜欢的。虽然同情并不能改变我的状况，可总比别人嫉妒和憎恨好。可以少掉很多人为制造的麻烦。

过去的我，和很多女人一样，喜欢个性化的衣裳与首饰，喜欢给自己薄施脂粉。经过包装的我，在朋友们心目中留下深刻的印象。现在，还有人记得我穿着风衣走在操场上，微风吹起风衣一角的样子。

选购衣服、化妆都是需要花时间的。装扮后的女人，通常都渴望受到别人关注的目光。我渐渐发现，自己走进了一个误区。

服装最初的诞生，对人类来说，其功能只在于御寒。原始社会时期，人类用树叶、用兽皮包裹自己，其目的只是御寒。羞耻感，是人类发展到一定时期才有的。亚当用树叶遮住私处，其目的当然不是御寒，而在于遮羞。这时的人类已脱离了蒙昧。这时的服装，有了御寒和遮羞的功能，且已遮羞为主。

随着人类社会的发展，服装的功能渐渐增多。阶级产生之后，服装也有了阶级区别。通常明黄色的服装只能由帝王享用。平民若穿此种颜色的衣服就是犯上，要砍头的。而官员级别不同，服装颜色、式样不同。不仅颜色，质量也有区别。级别越高，做工越精细。至于普通百姓，只能穿布衣。阶级社会里，服装是身份的象征。穿着自己的衣服，往人群里一站，武官还是文官，几品官员，大家一清二楚。此时，人们对不同式样服装的追逐，实则是对权力的追逐。

等级森严的阶级社会被人类翻页后，服装的阶级功能渐渐削弱。国家总统穿黑西装，普通百姓也可以穿黑西装。某个品牌甚至因在总统的身上出现，而在市井流行。此时，服装的艺术性得到充分展现。每年巴黎时装周，是一场人类服饰的盛宴。高雅的服装为那些高雅的人增添无限魅力。一件精美的旗袍穿在张曼玉身上，可让她风情万种；一条青花的裙子配在赵雅芝身上，让她如青花瓷一样淡雅沉静。

此时，人们只要有足够的"money"，就可以将总统、明星穿的衣服买回家。此时，不少人痴迷高档服装。高档服装做工精细，耐穿。一件顶两件。这是一部分人的观点。持这种观点的人，还没有忘记服装最基本的功能，只在于御寒。可一部分人则认为，高档的服装可以提升或彰显自己的社会地位，可以赢得人们的尊重。这实在是荒谬之极。

普通人需要靠衣服装点自己，大众也往往通过这些装点来评判周围的人。他们奉行"人靠衣装，佛靠金装"。此时的人，已经成为服装的奴隶。

对于圣人来说，服装、面子这一切都是虚无和累赘，衣服对他们只是御寒。最好的例子是米拉日巴。《米拉日巴传》中记载，米拉日巴修行时，全身赤裸，他实在没有时间去缝一件衣服。他的妹妹前去看他，对他说，哥哥，你这样不穿衣服，实在太丢脸了，你应该找件衣服来穿上。他的妹妹第二次去时，米拉日巴找了一小块布，做了一个套子，将私处套住。他的妹妹见了后，很生气，说，哥哥，你怎么这么不听劝。米拉日巴说，我的修行本来是不需要这些的，只是，你是我的妹妹，为了不让你害羞，我才将私处套住。其实，羞耻之心是从你的心里产生的，你不为它羞耻，自然也就不会觉得害羞了。

米拉日巴的这句话，让我开始对穿衣进行思考。岁月流逝，回想那些圣人，我们绝对不会想到他穿的是什么衣服。所以人们大可不必在穿什么和怎样穿上费精神。

化妆和衣服是同一个道理。化妆的最初起源只是宗教仪式。渐渐地妇女们用化妆来修饰自己，吸引男人的注意，故有"女为悦己者容"之说。

的确，化妆可以在一定程度上改变女人的形象，让女人更美丽。可让女人美丽的根本并不是化妆术，并不是那些瓶瓶罐罐。

历史上，驻颜有术的武则天，年过七旬仍光彩照人。可随着她儿子的逼宫、夺权，武则天迅速地老去。同样的化妆品，同样的化妆手法，为什么就收不到同样的效果了呢？这耐人寻味。

常常在电视里看到一些化妆品广告，"我老公因为我脸上的皱纹、黄褐斑和我离婚，我伤心之后，到了韩国，在姐姐的推荐下，用了某某品牌的化妆品，人年轻了好多岁，又回到了青春时代"，看着这样的广告，真让人想吐。可有这样观点的女人还不是一个两个，很多女人都认为，老公花心是因为自己不化妆，不漂亮，不年轻。故有女人提出，要天天化妆，给老公一个好心情。

其实，女人是否年轻，真的和化妆品的关系不大。让女人年轻的秘诀是对生活和事业的炽热追求。武则天青春常驻的秘诀是她对权力的狂热。当她的手里没了权力，没了让她追求的动力，再好的化妆品也救不了她。人老，是从心开始。我也不反对用化妆品，毕竟，当熬了夜之后，两个大大的黑眼圈让人看去一点风采也没有，这种情况下，当然可适当装扮。

衣服和化妆品，都是外在的。一个人品位和魅力的形成靠的是内在的修养。世俗的人往往本末倒置，舍本逐末。

对于圣人来说，衣服、容貌、身体都是皮囊，唯有"道"是可追求的。而在道的世界里，是没有性别的。比如一，你能说它是男性还是女性？正如，上帝无名，也无性别。

对于我来说，不能脱离世俗成为圣人，需要穿些衣服在世俗的社会里穿行。何况，让自己美丽一些可以悦神。虽然我的品位也不是很高，不过，明了道理的我，是不会花时间于穿衣、打扮，做时尚的奴隶的。就让好心的人同情我吧。不过，我相信，人们的看法和我的生活半个铜子的关系都没有！

成功人士与有钱人士

几天前，认识了一个北京的朋友。话语中，她反复讲述自己的生活是多么的平淡，而周围人的生活已奢华到何种程度——开直升机送孩子到瑞典演出。朋友说，她不在乎别人的看法，也不愿那样奢侈地生活。

她的语言已经暴露了她的内心。当一个人反复强调一件事的时候，就表现出了他对这件事的重视。朋友的内心还是很纠结的，她仍然在意别人的看法。她害怕自己因为没有钱而得不到周围人的尊重。

现在，金钱与成功，尊重和敬仰，似乎被一部分人画上了等号。

当一个大款开着豪车，穿着名牌，戴着名表出现的时候，周围人一定会对他投去羡慕的目光，甚至会赢得美女的青睐。每年，当《福布斯》财富榜公布的时候，对财富榜上的名字，不少人都会投去羡慕与敬仰共存的目光。

有钱是不是就意味着成功？有钱人士是否就是成功人士？这两者之间显然是不能画等号的。

李嘉诚很有钱，他创造的财富故事，被人们广为流传，成为学习的榜样，他是一个有钱人士，同时也是一个成功人士。他值得人们尊重。像李嘉诚这样的有钱人士还很多，比如facebook的创始人，他在创造一个新的交友平台时，也给自己带来上亿的钱财。还比如，比尔·盖茨，他在创造微软的时候，也给自己创造了巨额的财富。

　　然而，并不是每一个有钱人士，他们的金钱来源都是通过自己的艰苦努力，合法经营而获得。这些年，频频曝出的食品问题就可看出。毒豆芽、毒血旺、黑心月饼……数不胜数的事件，让人看到的是某些商人为了金钱的不择手段。

　　可曾几何时，人们将眼光只盯着金钱，而不看金钱的背后。"商人"在中国古代曾作为最低等人士，没有人格，得不到人们尊重。改革开放后，国家大力提倡"先富"，并对进入"万元"行列的人士大张旗鼓地进行表彰。那些胸带红花的"万元户"们在物质和精神上得到极大满足。在此驱使下，"致富"成了全中国人民的梦想，"大款"成了人们羡慕的对象。有了钱似乎就有了一切，人们笑"贫"而不笑"娼"。人们的价值观念发生改变，衡量成功的标准，以金钱的多少来计算。前不久，闹得全国沸沸扬扬的清华"真维斯楼"事件，可看出国人对金钱认可度已达到何种程度。

　　在此价值观下，作家作品的好坏，以市场销售量计算；画家作品的优劣，以市场价格衡量；科学家贡献的大小，也以市场份额计算。在此价值观下，作家、画家、科学家无法安心工作，很多人也得不到应有的尊重。比如，早年的陈景润之死。一位著名数学家的死亡只因挤公交车。晚年的陈景润患有不少疾病，结果在公交车上，你一挤我一挤，一个数学家就倒下了。而没有陈景润学问高的大款们，却可以开豪车，享受先进的医疗技术。因此，金钱成了人们追逐的目标。有钱人受到人们的敬仰。有钱人士与成功人士划上等号。

　　有钱人真的就是成功人士，就应该得到包括尊严在内的一切吗？

　　在《福布斯》榜上，没有袁隆平的名字。可一个袁隆平大概抵得上十个碧桂园。钱学森的名字也没有上过财富榜，可他为祖国创造的财富，可能一百个杨澜也无法比拟。华罗庚的名字也没登过财富榜，可他一生的价值，可能几百个房地产开发商加起来也无法望其项背。

美国的金门大桥，时常有破产的百万富翁在那里跳桥。一个百万富翁自杀了，新的百万富翁又诞生了。国家不会因一个百万富翁的自杀而有丝毫变化。可如果我们的国家没有袁隆平、没有钱学森、没有华罗庚，那么我们的科技、国防、生活都将受到严重影响。比较之下，什么样的人是成功人士，什么样的人应受到尊重，答案不言而喻。

那些为国家、为民族做出贡献，那些在自己的领域做出成绩，那些给人类留下丰富精神财富，这样的人是成功人士，应该受到人们的尊重。

比尔·盖茨是有钱人，可他的财富来源于他对人类做出的贡献，微软占据了全世界几乎所有个人电脑的桌面。当人们创造一个新的行业时，往往也会给自己带来意想不到的财富。然而，并不是所有的行业都能创造财富。一个著名作家一生的财富与一个好莱坞明星的收入相比较，大概作家是比不上明星的。可一个作家留给人类的精神财富相信远远超过一个电影明星。

"行行出状元"，今天，人们对商人不再歧视，然而，我们绝不能将眼光只盯着金钱或权力，将拥有金钱和权力视为成功的标准。如果这样，我们的国家和民族都将沦为金钱或权力的奴隶，亡国与亡族将不会是神话。

因此，我们的社会需要对科学家、作家、画家、教师……进行大张旗鼓地表彰，给予科学家、作家、画家、教师……应有的尊重和经济补助。陈景润如果有一辆车，就不会悲哀地在公交车上被挤死。这几年陈景润式的悲剧很少听说，可事业单位改革的滞后，让事业人员与公务员的收入差距拉大。如此，人们对自身的价值和自身从事职业的价值产生怀疑。

因此，只有对科学家、画家、作家、民族英雄……进行大张旗鼓的表彰和给予应有的尊重和经济补助，人们才不会以金钱或权力至上，将有钱人或有权人视为成功人士。更多的人才会投身于科研、国防、绘画、写作……之中。唯有此，我们的民族才会有不竭的动力和创造力，才会有不断流淌的新鲜血液。

曾经，我们的民族和国家很贫穷，人民穷怕了，人们渴望富裕，政府倡导致富，可一个民族精神的贫穷比经济的贫穷更可怕。在贫困时期，我们成功地爆炸了两弹。凭的是科学家对国家、对民族的爱，而不是经济刺激。有了钱固然好办事，可只有钱未必能办成事。

如今，我们的国家已走向富裕，人们生活水平也在提高，更应该在全社会大力倡导为国家、为民族、为个人理想、为自我价值实现而奋斗。个人也应该有此意识。

最后，我想说的是，成功绝不等于有钱，成功人士绝不仅仅是有钱人士。

（2011年8月12日刊于《甘孜日报》3版）

感言男左女右

一天，读小学二年级的女儿突发奇想，"妈妈，生活中，为什么很多都是男左女右呢?"

女儿的问题，让我在短时间内，思维短路。是啊，上厕所时，男左女右，看中医，也是男左女右，看相，更不用说。生活中，处处都存在男左女右的问题。可为什么呢? 还真不知道。不过，为了给女儿一个回答，我顺口回答，"可能左边男厕所，右边女厕所吧"。我的回答，实在太不负责任。

为了面子和给女儿一个完整的回答，急忙查询资料，还真找到了。没想到，一个小小的日常生活问题，居然寓意深刻。

男左女右最早起源是一个神话故事，中华民族的始祖盘古氏化仙之后，他的身体器官化为日月星辰、四极五岳、江河湖泊及万物生灵。其中，盘古氏左眼化为中华民族的日神即伏羲，男性;右眼化为月神即女娲，女性。最早民间流传的"男左女右"习俗，亦由此而来。

我国古代哲学将宇宙中通贯事物和人事的两个对立面分为阴阳。并将其归类: 大、长、上、左为阳;小、短、下、右为阴。阳者刚强，阴者柔弱。人的性格，男子性多暴且刚强属于阳于左，女子性多温且柔和属于阴于右。

"男左女右"在中医应用上也有实际的科学意义，是为生理上的差异。中医诊脉，男子取气分脉于左手，女子取血分脉于右手，即使小儿患病观察手纹也取"男左女右"的习惯。这一沿袭至今的习俗，早在两千多年前战国时期就已经存在。当然至于"男左女右"是否真能表示男女生理上的差异，笔者就不得而知了。

随着历史的演变，尤其是封建社会的产生，男左女右渐渐打上了封建社会时代色彩的烙印。

在我国封建社会中，许多事物都有尊卑高低之分，把南视为至尊，而把北象征为失败、臣服。宫殿和庙宇都面朝正南，帝王的座位也是坐北朝南。称皇称帝为"南面称尊"；打了败仗、臣服他人为"败北"或"北面称臣"。正因为正南如此尊荣，所以当时老百姓盖房子，谁也不敢取子午线的正南方向，都是偏东或偏西一些，以免犯忌讳而获罪。

除了南尊北卑之外，在东、西方向上，古人还以东为首，以西次之。皇后和妃子们的住处，东宫为大为正，西宫为次为从；供奉祖宗牌位的太庙，建在皇宫的东侧。现代汉语中的"东家"、"房东"等也由此而来。

除了东西南北之外，表示方向的前后左右也有尊卑高低之分。古代皇帝是至尊，其左侧是东方。因此就在崇尚东方的同时，"左"也随着高贵起来。三国时期的东吴占据江东，也称江左。文左武右的仪制，男左女右的观念等，都是尊左的反映，有些习俗甚至延续至今。我们常说的"左祖右庙"、"文左武右"、"男左女右"都是尊左的反映。

当然，在中国历史上，不仅仅是男左女右，也出现过女左男右的现象。那是女皇武则天创造的奇迹。位于嘉陵江东岸的古栈道石柜阁旁的千佛崖摩崖造像中大云洞大殿正中弥勒佛立像是女皇武则天的象征，其左是则天女皇，其右是高宗李治。排列改变了我国男左女右的传统习俗。

不过，女左男右，就如武则天短暂的统治一样，在中国的历史长河中很快消失。取而代之的是漫长的男左女右习俗。因此，男左女右习俗，更多地可以理解成，是封建社会千百年来男尊女卑的传统使然。

然而，男左女右的意义在近代发生了变化，受西方民主、科学思想的影响，新文化运动的产生，尤其是新中国成立后，伟大思想家、政治家、军事家毛主席喊出响亮的"妇女能顶半边天"的口号后，男尊女卑的思想逐步消除，男女平等的观念逐渐深入人心。笔者愚见，此时男左女右并不代表男尊女卑。此时，男左女右的寓意，仿佛就是人体不可缺少的两部分，左膀右臂。对一个健康的人来说，不论缺了哪一部分，不论缺了左膀，还是右臂，都不是完整的。它们都具有同等的位置！

由这一问题，笔者想到，我们的传统文化，历经历史变革，时代久远，人们习以为常，渐渐忘记其来源，特别当传统文化赋予新的意义时，人们更容易忘记其出处。笔者也不知道，当孩子问，为什么会是男左女右的时候，有多少父母，能完整地回答？尤其是像笔者所处这样的贫困地区。由此，笔者认为，要抓好下一代文化教育，就得先从蕴涵在我们日常生活中的文化抓起。

（2011年刊于4月30日《甘孜日报》3版）

自我控制

一天，一个人说："要约束自己的行为，也就是要自我控制。"我认为控制不对，人做事应该遵从心灵的意愿，自由而又自然地去做，而不应该是强制性地控制。

自我控制的话题，是一个做人的问题。在谈这个问题之前，我先说一下我自己。我是一个很复杂的人。这份复杂来自于自己的成长是一个没有导师的环境，尽管有老师，曾经有老师关心过我的精神，遗憾的是，一生中那样的老师太少，很多老师只关注学生的成绩，因此，我的成长可以说是没有导师引导的。

有人说，家长可以影响孩子的思想。可我很小就离开父母，基本上处于放任自流的状况。而且，作为农村父母，他们更关注自己的孩子能不能考上学校，能不能有一个好的出路，思想这一类的东西，对他们来说，太高深。听话、学习成绩优秀，这样的孩子在他们的眼里就是好孩子。对好孩子，父母自然都有几分溺爱，他们更多的是去满足孩子的需求，而不会去关注孩子有什么想法，以及想法从何而来。

我从小学到大学，在老师和父母的眼里，还算是一个好孩子，成绩尽管不是最好，也还可以，有时还会名列前茅。因此，从小学到大学的十五年时间里，我几乎没遇到过任何在思想上影响我终身的人。父母或老师都很少问津我的思想。只有初中班主任，还关注过。说这句话，不是说其他老师不是好老师，我一生中的老师都是好老师。可惜他们更多关心的是学生的成绩，即使学生在哪一方面出了问题，他们更多想到的是，如何不影响学生的学习。当然，他们在课堂上教学的时候，也讲了如何做人。小学，有一门功课叫《思想品德》，就是教做人的，从中我也学到了一些东西。从这个角度，可以说老师尽到了育人的责任。然而，按照教材所讲，针对每个学生思想上出现的问题进行解决、帮助和告诉他如何做人的老师，太少！对此，我也理解，一个班那么多人，老师不可能过多地关注某一个学生，而且在升学的压力下，几乎每个学生、每个老师，都将升学作为人生唯一的目标。曾经我有一个高中同学，其学习刻苦程度，可以说是"神龙见首不见尾"，早晨不知道她是什么时间起来的，晚上不知道她是什么时候睡觉的，在这样的压力下，谁还有闲心去管其他的事？

所以，在我的成长过程中，做人这门"副修课"，是我课余自学的。

自学教材来自我所接触的"乱七八糟"的书。我所接受的东西是没有体系的，一锅"大杂烩"。自我控制这个话题也是在不停"试验"中进行的。

起初，学了一些唐诗，于是仿古人"少壮不努力，老大徒伤悲"，早早地起床背书，勤奋学习，以图将来有一番作为。在这个年纪有玩耍的强烈欲望，可为了"第一"的目标，这一切都得牺牲，而我的父母没在身边，没人约束，因此，要实现"第一"，只有自我控制。在我很小的时候，我控制住了看电视的欲望、玩耍的欲望，在这个过程中，我感觉到了成功的喜悦和克制的不容易。为了让自己变得勤奋，我睡过硬床，在寒冬里跑步，在厕所旁边看书（那是读初中的时候，寝室熄灯后，只有厕所边有电灯）。和懒惰作斗争，克制自己玩耍的欲望，是我学生时期的主要修为，那种不容易之感，难忘。

在进行自我克制时，我还读过大量武侠小说。小说中，笑傲江湖，快意人生，看起来很过瘾。所以，我又觉得，人生只要过瘾就好，只要轰轰烈烈地燃了一把就对得起自己，不必克制住自己的种种意愿，让人难受。受此种思想支配，我东一下西一下地干过很多事，不计后果地冒险。

还有一些书和一些人，让我觉得人生没必要约束，只要遵从心灵的意愿去做就行。

大学毕业后，宽泛的社会、缺少约束的环境，让我在学校里保留下来的很少的自我克制开始慢慢消失，开始听从情绪的控制。当时，我自己还认为，那是在听从心灵的意愿。

可是，不自我克制，听从"心灵的意愿"，结果是怎样的呢？我领教过，后果惨痛。因此三十岁时，反思自己，弄错了很多。

其实，从心所欲，遵从心灵的指示，是自我控制的最高层次，人的一举一动不仅符合理智，而且出于自然。无需对自己的行为加以有意控制的完美人格，是人类觉悟最高的理想境界。要达到这个最高理想境界，需经过几个层次，分别是：顾忌冲动，即遇到外在的约制时，稍微能管束一下自己，但常处在想放任又不敢放任的心态中；被动控制，尚未到达自觉约束的程度，较多来自外界的约制，但已具有一定自我克制的能力；自主控制，意志力较强，能够完全自我控制，能衡量自己做得对不对，能批判地对待自己的欲望，不为诱惑所动。经历这些才能达到最高的从心所欲。即孔子所说的"七十而从心所欲，不逾矩"。当我想遵从心灵指示，从心所欲时，我的自我控制达到最高境界了吗？没有。

当没有达到最高境界时，所谓心灵的指示，只是原始冲动。是一种与动物区别不大的本能性冲动，属于最低水平。只要能满足自己的个人需要，情绪和行动便会像脱缰的野马一样放任，毫无约束。明白这个道理，我发现，我先前的行为，原来只是原始冲动。想起来，让人羞惭！

其实，心和本能，两者只在一线之间，最高和最低只隔一墙。最高时，本能即为心；最低时，心只是本能。而我在最低时，却错误地将本能当成了心。

我决定，不再让自己惭愧。约束自己，接受痛苦，自我控制，从最底层做起。

说真话

一天，一个人说，"只要你说真话，我可以原谅你所有错误。"

说真话，对我难吗？为什么，我不能说真话？

这个问题，又要追溯我的成长。

九岁以前，我是一个淳朴的山村小姑娘。大概在五岁时，得了百日咳，为治病，被母亲带进县城去了一次，不过那天，晕车了，县城只留下了一个模糊的印象。因此，九岁以前，我的世界，是我那个只有一百口人的小山村。

九岁时，为让我有一个更好的教育环境，父母将我转学到镇上中心小学。我的心态由此而改变。

在那个中心小学，我，一个山上来的孩子，是被嘲笑的对象。我做不来体操，做不来眼保健操，我理解不了老师的意思，我的作业一塌糊涂，我不仅被同学嘲笑，同时，也被玩伴嘲笑，因为我是"火山王"，是"吃不来细米糠的山猪儿"。在同学和玩伴的眼里，我做的事是可笑的，在山上那所小学里，老师和学生之间的感情很好，我经常带了吃的，和老师一起分享，在那个中心小学里，我以为同样如此，可给老师送上水果，换来的是同学的嘲笑，幸好，老师没笑我。当然我说的话，在那些见多识广的镇上同学的耳里也是可笑的。

于是，在嘲笑声中，从九岁那年起，我开始慢慢封闭自己，不愿和外界交流，更不要谈说真话。

　　不能说真话，就只有说假话。说假话，给自己戴上伪装，对我，不仅是面子问题，更重要的是避免羞辱。

　　不过，在说假话的同时，我也知道一件事情，那就是得正视自己，正视自己的缺点和错误。只是这份对自我的认识，我将它埋在了心底，不愿当众展示。

　　当然在单纯的学校生活中，我并不全是说假话。然而，在社会中，我渐渐迷失自己，真话和假话之间，很难分清。

　　三十岁时反思自己，说真话，真实地面对自己，尤其在别人面前，需要勇气。第一，面对别人眼光的勇气。说真话，意味着将自己暴露出来，意味着要接受别人的评判和嘲笑，而要置别人的评判和嘲笑于不顾，那需要太多的勇气和意志，不过，这样的勇气和意志，对一个孩子来说，难度太大。比如《皇帝的新装》里的那个孩子，他说出了事实真相后，周围的人都对他进行嘲笑，众人都看见穿了新装，因此，皇帝怎么会没穿衣服呢？孩子的话，不是对众人智商的污蔑吗？于是，有人对孩子扔番茄，有人扔鸡蛋，有人丢石头，在这样强大的攻势下，孩子是坚持自己的观点呢？还是和众人一同说假话？这个问题很难说，但我想，在这种情况下，孩子可能不再说话，只是小声地在心里嘀咕，"皇帝本来就没穿新装嘛"，所以说真话，需要有面对别人眼光的勇气。

　　第二，说真话，需要有承担后果的勇气。说真话，有可能得罪人，惹人不高兴，同时，也给自己造成麻烦，这些后果都需要承担。再比如《皇帝的新装》里的那个孩子，说出事实真相，惹得龙颜大怒，皇帝下令杀了这个孩子，要知道，很多君主是听不得真言的。那么，孩子，在快要杀头的那一刻，是坚持自己的看法，还是向皇帝妥协呢？我想第二种情况可能性最大。因为孩子大多是害怕的。

　　因此，人一开始，并不都是说假话的。说真话与说假话，与周围环境有关。至少，我是这样的。要想一个孩子一直都说真话，要给这个孩子尊重。当一个孩子说真话时，不要对他进行嘲笑，更不要打击。当说真话成为习惯，孩子长大后，才有可能坚持说真话。孩子长大后，能不能说真话，这和他做人有关。

　　对成年人来说，说真话，是一个做人的问题。能不能坚持原则，明辨是非，说出事实真相，承担说真话的种种后果，这考验一个人的道德品质。为什么说假话，人们更多的是为了保护自己，从一己之私出发。因此，说真话的前提，是内心的坦荡和不畏惧。在当下，这个迷茫的社会，有多少人敢说真话，这不得而知。

　　因此，对说真话的人，最好能给予尊重。当一个人说出真话，而周围人却是嘲笑、打击，甚至迫害，那么说真话者就显得太可怜，尽管他个人成就了自己的品质，但却如唐·吉诃德一般悲凉。如"文化大革命"中的张志新烈士。"文化大革命"时期，很多说真话者得到的下场是进牛棚、挨批斗，在淫威之下，很多人选择了说假话，或不说话。那些说假话者，错了吗？没有。他们只是迫于无奈。故而，要想众人都说真话，还得培养一个说真话的环境。当然，如果，不管环境如何，中国人人人都敢说真话，都愿说真话，那么，中国的国民素质就不知道上了多少个台阶。我想，至少，这不是目前能做到的。

　　综上所述，要想更多的人说真话，第一，要进行教育，要培养孩子说真话的品格，第二，要培养环境，不仅要培养允许人说真话的环境（那就是要给人更多发言的机会，这就是言论自由的问题），同时还要培养鼓励人说真话的环境，那就是对说真话者的尊重，如果一个人说出真话，而却不尊重他，相信今后再难听到真话。

不过，人可以骗天下人，但不能骗的是自己和自己的内心。如果连自己内心都骗，那么人不可救药，只会彻底毁灭。人人都说真话，相互尊重，彼此信任，互不隐瞒，那是人间的最美。

我们因何而感动

2013年2月19日，2012感动中国颁奖典礼举行。晚会上，为祖国献身的罗阳、林俊德、李文波，用自己的生命换取学生生命的最美女教师张丽莉，用厚实的肩膀背起妻子及妻子梦想的艾起等人，让现场及电视机前的观众一次次流下感动的泪水。然而，我们为什么被感动，我们的泪水因何而流，很多人却在感动中忘记了思考。

一

笔者不知道其他人被感动的原因。对笔者来说，深深被感动的人有何玥及陈家顺。何玥感动笔者的，不仅有她临死前捐献器官的义举，还有后来在《凤凰网》上看到的一条消息。

《凤凰网》上有消息说：据卫生部统计，我国每年有150万人因末期器官功能衰竭需要移植，但只有约1万人能够完成器官移植。器官供应奇缺，主要原因是器官捐献率极低，我国每百万人捐献率只有0.03。

笔者曾经做过肾衰竭患者的报道。在州医院的血液透析室里，脸色苍白的青壮年甚至孩子躺在病床上一天一天地挨着日子。有的病人渴望借助媒体的力量，获得生的希望。记者也曾力图为这些患者找到光明，可面对最大的困难，记者只能感到无力。肾衰竭患者最需要的是换肾，而换肾只有两条途径，一是通过亲人或社会人士的捐献，二是花钱买。不少患者都没有遇到捐献的好事，花钱买肾是活下去的唯一途径。而买肾及手术所需要的金钱足可以拖垮一个中等富裕的家庭。巨额的金钱，斩断了那些脸色苍白的青壮年及孩子的生命。

后来，这样的报道记者做得少了。因为，无法承受将死者对生的渴望的眼光。

据红十字会调查，我国潜在捐献者群体庞大，72.4%的受访者愿死后捐献器官，仅6.8%明确表示不愿意。为什么愿捐者的高比例与落实到实处的捐献者反差如此大？来自卫生部的消息说，人体器官捐献管理中心建立的滞后是重要原因。2010年3月，中国红十字会受卫生部委托，负责建立我国器官捐献体系工作。同时，启动全国人体器官捐献试点工作，截至目前，共有19个省区市加入试点。但目前，大多数试点省区市都没有建立独立的器官捐献管理机构，甚至国家层面的中国人体器官捐献管理中心也是去年刚刚成立，今年1月才正式运行，器官捐献者捐献无门。

除机制不健全外，传统观念的束缚也阻挡了捐献者的最终脚步。网上一个叫周常嫂的农民说：在农村，自己的身体是父母的，死了还要把自己的肾、肝捐出来是违反孝道的。

何玥的行为，对传统观念产生了冲击。周常嫂说：何玥这个事情做对了，她走了，但是另外三个人的病有治了，其实这是大善事，我真的佩服她。网友"甫寸"说：生命的璀璨不在于年龄长短，在何玥的故事之后，我付诸一份承诺：爱自己，珍惜生命；若与生命之缘尽，则以己全身之力，助善良有需之人。在何玥的事件中，受影响最大的是她的父亲何先航，何玥的父亲何先航在女儿的带动下，不仅也立下遗嘱在自己死后将器官捐献出去，而且正在筹办"何玥爱心基金"，准备为那些渴望新生的生命送去关怀。

让何玥可以在地下欣慰的是，经过试点工作实践，目前我国人体器官捐献体系初具雏形。笔者不知道，何玥的行为与此事件有无关系。

自2010年3月人体器官捐献试点工作开展以来，截至今年2月22日，共实现捐献659例，捐献大器官1804个（其中捐献例数最多的省份分别是广东、浙江和湖南，分别实现捐献174例、79例和59例）。卫生部副部长马晓伟强调，要进一步完善器官捐献方案，不断完善捐献器官的获取与分配体系，尽快建立健全人体器官捐献培训体系。"死亡见证"被列为工作重点。具体而言，红十字会将设立联系各大医院的捐献协管员，并对医院内的临终病人或死者家属进行器官捐献"游说"，扩大捐献源。

末期器官功能衰竭者看到生的希望的是这句话：全国人体器官捐献信息系统将在今年年底前正式上线，覆盖所有省区市；公众可在线登记成为捐献志愿者。

相信，这条消息也会振奋我州身患器官功能衰竭的患者。

何玥小小的身影在笔者的心里有了崇高的位置。她对生命的态度，让笔者感动。

二

颁奖晚会上，还有一个身影迅速在全社会引起强烈反响，他就是"民工局长"陈家顺。

五次深入企业当"卧底"、半夜三更起床为农民工买火车票、为农民工讨薪……当人们在讲述陈家顺的事迹时，最大的一个感慨是"想不到这些是一个局长做的"。

陈家顺向人们提出了一个问题：到底什么是局长该干的？

著名文化人于丹在为陈家顺写的感动中国人物推介词中说：当局长坐办公室是本分，为民打工是情分。

当局长坐办公室什么时候成了"本分"？什么时候"坐办公室是本分"成了一种共识？甚至连文化人也觉得合情合理？

在为陈家顺的事迹感动的时候，笔者想，对这些问题的深思是有良知的中国人及政党必须做的事情之一。

"为人民服务"是我党的宗旨，新中国成立后，人民当家作主，官与民没有界限。一个崭新的中国呈现在全国人民面前。全国人民为之欢欣鼓舞，不少优秀科学家、学者纷纷放弃国外的优越生活，回到祖国。两千多年的封建专制制度终于结束了。封建专制制度下，官就是老爷，民不过是老爷放牧的"羊人"。那时，当官坐办公室真的是本分。毛泽东时代涌现出的干部如焦裕禄、王进喜、张思德等人为"官"的意义做了新的阐释。官，不再是老爷，是为民服务的公仆。从宪政的角度说，公务员如此的行为才与我们国家的政体（社会主义制度）相吻合。

然而，不知道，从什么时候起，官的味道开始悄悄发生了变化，明里暗里又回到"老爷"的姿态。专车、专人秘书、报账特权……渐渐地，"官"成了新时期的特权阶层。以至"当局长坐办公室是本分"。当人们普遍如此认识时，不可不说是一种悲哀。从孙中山到毛泽东，中国不知道有多少人献出了自己的生命和鲜血才探索出了一条有光明前景的道路。如果今天反而倒退，那么只能套用一句老话表达心情"愧对革命先烈"。

笔者也明白，官的变味，根本的不是官员的问题，而是我们的文化的问题。因此，即使面对某些腐败的官员，笔者也没有仇恨的心理。

让人庆幸的是，中共中央已在采取行动重新规范官的行为。让人庆幸的是，有陈家顺这样的凭着本心为民服务的官员。

对陈家顺的事迹，网上不少人留言说：陈家顺诠释了全心全意为人民服务的宗旨；陈家顺让我们感受到了：这个世界，好人、热心人还是大有人在的；多一些这样的干部，我们的社会更美好；学习陈家顺同志"把群众当亲人"的真挚情怀，自觉践行党的宗旨，为群众真心实意干事；向陈家顺学习，把农民工的事当成自家的事。

网上留言，一部分是群众呼声，另一部分则是公务员感言。可以看到，陈家顺的事迹对公务员队伍也有了影响。

也许有人会想：像陈家顺这样为民服务，对自己有什么好处？笔者可以回答的是，也许可以得到幸福。而幸福也许是很多人一辈子都不会有的。在替农民工打工时，陈家顺就获得了幸福。陈家顺的妻子李凤仙说："他最高兴的时候就是他带出来的人跟他报喜。如果有人跟他说'陈老师，我今年又挣多少钱啦'，'陈老师，老板又给我提职啦'，他那天就跟个傻瓜一样地笑起来啦！"像傻瓜一样地笑，就是幸福的最纯粹表达。

在公民应负的责任已不是常识的今天，陈家顺用朴实的行动还原了一个公务员的本质意义，这就是陈家顺被人们感动的原因。

最后，想说的是：我们的眼泪不能轻易流，当我们被那些美丽生命感动的时候，千万不能忘了被感动的原因。

关于信仰

我出生于一个以侍奉神为生活的家庭。

我的奶奶在她六十多岁时，被神灵选中，成为神在人间的代言者。神的代言者，是我对奶奶身份的界定，因为她既不是端公道士，也不是大仙，也不是毕摩，也不是政府钦定的神职人员，也不是活佛。有的人把她叫做王菩萨，但我觉得并不准确。

我对奶奶身份界定的依据是她与神之间的关系。在奶奶后半生的生活中，主要做的就是在神的生日如观音菩萨的生日、玉皇大帝的生日、如来佛祖的生日时，带领善男信女给他们信奉的神过生日。在那些天，他们给神献上生日礼物：纸做的衣服、天蜡、银钱等。那些天，奶奶除操心给神过生日的大小事宜，还要在众善男信女的佛号声声中，让神附身，给众人断生活中的种种琐事。当神灵附身的时候，奶奶处于灵魂出窍状态，整个人完全变了样，嘴里不再言人言而言神言，

所以我说她是神的代言者。此时，众生跪在地上，把生活中的苦难以及想知道的未来事情如当年庄稼的收成、人畜有无天灾人祸等一一向神灵倾述。

从小，我就在缭绕的香火中生长。在我年幼时，因为人们对幼童的无限原谅，我得以在我奶奶神灵附身时，待在她的身边。我看着奶奶由凡人渐渐进入状态变成神人——以和她实际年龄不相符的力量腾空跳跃，并预言所有凡人的事情。

　　起初，我对奶奶充满了敬畏。在奶奶的身上，我仿佛看见了一个无所不能、无所不知的神（所有的神和上帝都具有这样的特点）。在神的面前，众生只要虔诚地信仰就行了。当神灵降临时，我听着善男信女的申诉，他们生活中的儿女问题、邻里问题、收成问题等等都在神灵那里得到了解决。

　　后来，我发现，神灵的预言并不准。有时，他说当年某月会大旱，可并没有大旱；他说，当年人们会普遍得瘟病，可疾病没如约而至。这时，对神的怀疑开始在我心里产生。

　　而且，我发现作为神的代言者的奶奶在生活中，和世俗的老太太相比除积极行善外没多少区别：一样的封建家长思想、一样的古怪脾气、一样的难以伺候。神并没有把我的奶奶变成一个菩萨样的大爱、大善之人。随着年龄增长，对奶奶了解越多，我对她和她的神敬畏越少。

　　看破神的存在意义，是在十四岁左右的少女时期。此时，我已阅读了大量书籍。通过阅读，我发现，圣人和英雄的命运都不是神能主宰的。主宰凡人一生的生死祸福，在圣人和英雄那里统统都不见效。圣人和英雄都敢坦然赴死，面对他们，被凡人需要（断家庭成员是否安好、断收成是否丰收）着的神有什么存在意义呢？

　　如此，少女时期，我的思想中有了几个推断：一、不存在一个万能的神；二、即使有这样的神存在，但只要敢死，神也奈何不了你的命运。

　　神，就这样被我否定了。我的第一篇作品写的就是叛玉皇大帝的故事。

　　否定了神也就否定了佛祖，然而，我的人生并没有好过。春节期间，我和老师看电视，有一档节目讲的是上世纪50、60、

70、80、90年代人的时代经历。其中，有一70年代人在台上念他写的关于理想的作文。老师听了后，哈哈笑，因为我们70年代人的理想是"为祖国贴金箔"。这样的理想实在不足以支撑起一个年代人的生命。

当我把神否定了之后，理想又没支撑起我的生命时，面对上世纪90年代迎面而来的经济浪潮，生命的意义就成了左右摇摆的问题。混乱是必然的结局。

进入报社工作后，我遇到了我的老师，他告诉我，混乱的根源是生命中没有信仰。

信仰是什么？老师给我提出了问题。是灵魂转世？在科学的今天，我们知道没有所谓的灵魂转世。释迦牟尼这样告诉世人，其目的是以一种承诺让人们修在世的菩萨心，让世界美好。

后来，老师给我推荐了一些书如《荒漠甘泉》《天门山路》《热什哈尔》等。可这些书共同的一点是：首先对上帝或真主的无条件的信仰。然而，上帝、真主和神一样，都没有让人无条件信仰的理由。

如此，我的心里仍然没有信仰。我的老师也经常对我说，我对他没有建立起信仰。难道，我去信仰我的老师？将我的一切交给老师，任由他处置？老师说，这是多么恐怖的奴性的想法。而且，在日常生活中，老师也没有表现出上帝的特性：解答我的所有问题和给我无尽的宽容。每次，在我和老师发生冲突时，老师说得最多的话是：今后，我再也不说你了。甚至，一次，老师和我的情感差点决裂。看着发怒的老师，我明白了老师不是上帝。

上帝到底是什么？人为什么需要信仰？信仰是什么？这些问题，直到我最近读了刘小枫的《沉重的肉身》《这一代人的怕和爱》《拣尽寒枝》等几本书之后，联系老师所讲，我终于有了渐为清晰的认识。

刘小枫《拣尽寒枝》一书第58页，"就生活产生的生命感觉而言，以金钱为中心与以上帝为中心产生的生命感觉有形式相似：上帝的观念超越了所有相对事物，是终极性的抽象综合；在上帝观念中，生活的矛盾获得了统一，生命中所有不可调和的东西都找到了和谐。"

回想小时，家里来的善男信女，他们跪在神的代言者我奶奶的脚下，申述着他们生活中所遭受到的种种不幸与不义，就像《圣经》里讲述的亚伯与该隐的故事。思及此，我明白了，因为人的脆弱以及人的能力的有限，所以，在人的内心里需要一个能放之四海而皆准的东西，这个东西能让人去面对生活中遇到的所有的矛盾、所有的问题。这可能是人们塑造出上帝、塑造出神的原因，也是人需要信仰的原因。

然而，顺民众心愿的上帝存在吗？刘小枫《沉重的肉身》里讲述的基斯特洛夫斯基电影《十诫》给人们提出了一个问题：当教会的上帝"死"了之后，科学（如电脑）能成为人们的上帝吗？答案是否定的。

其实，教会的上帝、金钱、电脑等等都无法成为人们的上帝，满足人们统一矛盾、和谐不调和的欲求。正如老师所说"没有神仙皇帝，也没有救世主"。现世中所有的困境、所有的问题，都必须靠人自己去解决。基斯特洛夫斯基电影《十诫》里的那个想滑冰的小男孩，如果他在上冰面之前，用铁锤敲一下冰的厚度，而不是迷信电脑给出的答案，相信他不会掉进湖里淹死。

没有解决一切的上帝，是不是人在这个世上就没有可以信靠的呢？老师说，"上帝死了，信仰才开始"。几天前，当我在写另一篇文章时，有点悟到了信仰的具体内容：爱。

爱，包含在所有人的人性里。基督的爱向世人展示了，人可以达到的极致：彻底的奉献、彻底的无私。如此，这个世界上还有什么不可面对的，还有什么不能解决的？

悟到此处时，我的心中仿佛点燃了如豆的灯火。我犹如暗夜的生命有了莹莹之光。我的心中开始有了信仰：爱。这时，我犹如在深渊中的身体有了信靠，不再无止境地往下掉。此时，我明白了信仰的意义所在：在面对无尽的宇宙时，内心里有一个坚定不移的犹如定海神针一样的东西。

因为有了一些爱的信仰，在面对老师时，我不再慌乱，即使我们之间有什么不愉快。

此时，我感觉到自己告别混乱的开始和独立人格的开始。

此时，我终于感觉到自己生命的意义有了出发点。

与死亡相关

2013年春节期间，因阅读刘小枫的《沉重的肉身》《诗化哲学》《拣尽寒枝》等书籍以及与老师的交流，生命中一个很长很长时间被有意掩藏的问题，终究在我三十六岁时，不可遮掩地浮现了出来。那就是关于死亡。

一

以三十六岁这个时间点的生命状态（如记忆散落等）去回忆，死亡将我的生命一刀切成两截的节点大概是九岁那一年的夏天。

2013年春节，当坐在报社家中阳台上让记忆的程序回放的时候，我的大脑里出现两张切片，一张是无知的完满的生活，一张则是朦胧的残缺图景。

将时间定格在九岁夏天的某个夜晚。如豆的煤油灯下，一间墙壁有些许黑的老屋里，母亲边纳鞋垫，边对我唱《洪湖水浪打浪》；父亲剥着玉米，当母亲唱累时，开讲憨女婿给丈母娘拜年的笑话，引得母亲和我都笑了；妹妹乖巧可爱，有着乌溜溜的大眼睛，爱笑不爱哭，见母亲和我在笑，她也笑了；奶奶，一个信神的人，此时，手拿香烛穿过一屋笑声，到另一个房间上香。奶奶对我有着不一样的情感，只见得我开心，见不得我受委屈，她保护我犯错误后不受父母惩罚。在奶奶这棵大树下，我竟没深切体会过被父母打有多疼。

那一晚，屋外有着圆月，清辉的月光下，母亲的歌声、父亲的笑话、妹妹的笑声、奶奶的呵护全都化成了温柔、化成了爱。懵懂无知的我被一幅完满生活的幻象包裹着。

幻象在那个夜晚被揭露。那一晚，劳累了一天的父母，在睡梦中发出了鼾声。在他们隔壁房间的我，却睡不着，任思绪信马由缰。突然，想着父母对我的关爱时，一个问题毫无征兆地撞进了我的脑海并让我恐惧万分：我的父母、我的奶奶他们会死去。他们会在某一天永远永远地死去。

当意识到人会死亡的时候，我不再是原来的我。

那一晚，我想到了当亲人不在的时候，如此地爱着他们的我，不知道会有多悲伤？由亲人的死带给我的悲伤，我还想到了我的死带给亲人的悲伤。小时，我有一种奇怪的病：憋气而死。当我哭泣时，会一口气上不来，出现短暂的假死状态：呼吸停止、嘴唇乌黑、手脚冰凉。一次次的假死，让父母认为我会夭折，从他们不经意间流落出的担忧，我知道了自己会早早地死去（我居然健康地活到了三十六岁，并将健康地活下去，这是父母意料之外的）。假如，我死了，如此爱着我的亲人会是怎样地悲伤？

爱我的亲人，我爱的亲人；我死了，他们怎样活？他们死了，我怎样活？死亡，把复杂的令人恐惧的问题，在童年时期丢给了我。

那一晚，被死亡问题困扰的我久久地没有睡着。第一次，我陷入到深深的悲伤中；那样的悲伤，比父母打我还要难受。第一次，我感受到生活的真相不是幸福，而是不幸。

当死亡问题将生活的真相揭示给我看时，我快乐的童年就从此结束了。从那之后，我再也没有单纯无忧地生活过。

后来，我想到了，面对死亡，大家都能活下去的办法，那就是不要让情太浓烈了。情太浓了，我充满了父母的心，父母充满了我的心（就像我九岁以前的生活），当有一天，一方不在了，另一方会陷入到很深很深的悲哀中。我不愿我的亲人悲哀。不因死亡而让亲人悲哀的办法，是大家保持一定的距离，不要让情太浓太烈。这样当我死了时，我的亲人就不会太悲痛。

想通这一点之后，我的性情彻底发生了变化。我不再像过去那样自然地流露、表达对父母的爱；我开始有意识地和他们拉开距离，在外表上给他们以"冷冷"的感觉。父母不明白我为何变样。后来，见我没什么异常，他们渐渐习惯了我的"冷"。

二

一个耍玩具年纪的孩子懵懂无知中撞上了死亡的绝壁，她不知道，面对死亡，该如何去爱？她只知道当死亡来临时，爱会变成伤与痛。如此，该去爱吗？如果该，又当怎样爱？

这些问题，从九岁到三十六岁，我都没有弄懂，而且因对死亡的恐惧，不敢再去思想，终止了进一步思考。

老师说，儿童时期我撞见的问题已触及到人的根本问题：死亡与爱。在这个问题里面，包含着这些内容：死亡是什么？爱是什么？我是什么？人是什么？老师说，人类几千年文明史，一直在探寻这些问题。

当然，这些问题，不是一个孩子能懂的。

三

与死亡相遇后，改变了的，不仅有我的性情、我与亲人的关系，还有我对自己存在意义的看法。引发思考的，是童年时期的电影。

春节期间，一档电视节目讲述从70年代以来春节时放映过的电影。电影的记忆存放在很多人的脑海里，讲述电影能引起共鸣。生于上世纪70年代末的我，也曾随众人一同看电影。然而，电影对于我，收获的却不是热闹，而是凄凉。

小时，在村子的露天场院里，革命题材的片子，我看完就完了，对心灵没一点影响，而悲剧片却在心里印下深深烙印。现在，我还记得的几部片子如《杜十娘怒沉百宝箱》，当美丽的杜十娘身穿白衣抱着百宝箱绝望地跳下江去时，我的心也随之碎了；还有如《白莲花》，虽然讲的是革命故事，可骑在白马上孤独跃下悬崖的女主角，我现在还能想起。

和放电影者所预想的（通过电影鼓舞人）不同，在电影的世界里，我看到的是人生必然的悲剧，是美丽事物的毁灭。由此，我想到，既然人注定一死，那么，活着是为了什么？我们所做的一切有什么意义？

这个问题，我同样无力解答。从童年起，我就在寻找活着是为了什么的答案，但都没有得到根本性的回答，所以人生失向。

四

写这篇文章的目的，不是炫耀自己的早熟。而是因为，与死亡问题相遇后失去了人生方向的人，并不止我一个。

老师说，不少人都曾在不同的年龄段面临过同样的问题，但都没有得到解答。老师说，对个体的人而言，终极的问题就是，死亡与爱。

老师告诉我，要让自己的灵魂得到安宁、自由必须去正视自己恐惧的问题，去正视被遮蔽了的生命，由此才能摆脱我们70年代不少人求生不得求死不能的状况。

因此，在老师的鼓励下，我有了回忆过去并正视过去的勇气。故而，我把问题摆了出来，希望能与死亡相遇的人共勉。

虽然，在死亡的面前，该如何去活，我至今仍然不太明白。不过，我会勇敢地去找寻活的答案。因为有爱的勇气。

写这篇文章的另一层意义在于，当我回忆童年时发现，儿童时期人对生命的感觉最根本、最实质，因此，今天，我们在思考人类的种种问题时，不妨回到人类文明的源头处，即人类文明的"童年时期"思考。人生的问题如果在儿童时期失向，要望闻问切只有重新回到儿童时期梳理。或许童年的记忆对一个成年人来说，太遥远太遥远了，已经模糊一片，故而成年人难以回到童年重新思考问题。但，不能回到童年，并不意味着我们生长的源头没出现问题。因此，必须重新审视童年。

这是我思考童年得到的思维上的提示，而我的老师在研究人类文明进程时，正是如此地从人类文明源头处出发思考的。

文学·评论

关于生命之毒

你，有过这样的感觉吗？万念俱灰，男人、女人、事业都引不起你的丝毫兴趣。

你，有过这样的感觉吗？活着不知道为什么，似乎生，又似乎死。

如果你有过这些感觉，并且感觉还在，那么，很好，恭喜你，中了病毒。我姑且称这种病毒为"精神麻风病毒"。

精神麻风病毒，这个名词，是我从奎里的身上总结出来的。奎里何许人也？奎里是小说《一个自行发完病毒的病例》中的主人翁。

《一个自行发完病毒的病例》，我放在春节期间阅读。因为我知道，我也是一个精神麻风病毒者。同病相怜，我想看看，奎里是如何将病毒自行发完的，是如何治愈的。恰好，春节期间我有大量的时间阅读和思考。

"我还没死，但也不算是活的了。（但丁）"书的首页，但丁的这句诗对我们这些精神麻风病毒者作了准确描绘。我们正是这样一群半死不活的半死人。半死，就还有一半活的希望。

我们活着。我们活着吗？这个问题，被伟大的奎里所思考。

奎里的人生经历了从活着到半死再到活着的过程。作为世界著名的建筑师，奎里曾经的外表生活和有的人一样，在金钱、名声、女人中穿梭。女人与名声与金钱，对一个成功的男人来说，往往就像弯腰拾取一根镶有宝石的金项链，是一举两得的。著名的奎里无需顾忌地使用着周围的人，包括女人（已婚女人以做他的情妇为荣耀，可以抬高自己的地位）。奎里不关心人（当然也没人关心他），他所做的一切只为了自己。奎里很成功，这样的生活不知是多少人羡慕，奋斗一辈子也达不到的。奎里的成功注定了永远是人们注意的焦点，即使他逃到非洲也必然受人关注。

活在表面繁华中的人真的活着吗？那样的活着只是慢性地死去。某年某月某日的一天，奎里发现自己的心脏僵化了，神经麻痹了。他感觉不到喜，也感觉不到痛。尽管每天他呼吸着，可他却不认为自己还是个活人。他的人生走到了尽头，事业、爱情、宗教信仰都不会让他有一丝心动。精神麻风病毒侵蚀到了他的心脏。奎里成了一个半死人。

半死的奎里不甘心于就此死去。他随波逐流地将自己放逐到非洲刚果殖民地（在很多人的脑海里都有一个奇怪的念头，似乎到了非洲就到了天涯海角），他想在天尽头找到自己。哪怕是一点不舒适的感觉。一点点的感觉都可以让他证明自己的存在。存在，是人活着的前提。失去存在的感觉，人要么像浮云，无方向地活着；要么像僵尸，无知觉地活着，所以，失去存在感的奎里焦急地想找回自己的存在。

在命运之手的指引下，在非洲，在人们想像中的天涯海角，奎里用"爱"这剂针药治好了精神麻风病毒，找到他的存在感。当他的仆人迪欧·格拉蒂亚斯失踪后，奎里在寻找他的途中，找到了对人的关心，找到了被人需要的感觉。他在寻找的途中将病毒自行发完了。奎里僵化的心开始复苏。他又活着了。这才是真正的活。因为此时的他感觉到了幸福。幸福是他以前几十年的生活所没有的。幸福地活着奎里找到自己存在的意义。

在奎里丰富的人生中，我找到了治病的良药——爱。爱即信仰（这句话是我的老师说的）。爱在我们每个人的内心里，唯有从内心里自我爆发，才能点燃生命，才能医治精神的麻痹，这就是"自行发完病毒"的含义。

这个世上中精神麻风病毒的人绝不止我和奎里。在奎里被"病友"打死之前（作家为了小说的需要，给奎里安排了一个悲剧的结尾——自行发完了病毒的奎里被他曾经的"病友"开枪打死了），他曾有过一个想法，他觉得可以设立一个行帮，设置一个暗号，让精神麻风病毒者可以在人海中找到自己的同类。他希望这些人都能治好自己的病。这也是作家的希望。在小说的结尾处，作家借麻风病医生说出：我们一定能将病人治好。尽管奎里死了，但作家仍让人看到光明：精神麻风病毒者是可以治愈的，只要去爱。治愈了病毒，才能找到幸福，才能找到存在或活着的真正意义。否则半死人只有要么将自己永远放逐，在半梦半醒中等着生命的自然结束，一如我过去的生活；要么自己结束生命，走上自杀的道路，如张国荣等。

在伟大的奎里的身上我还看见（我将奎里作为一个病例分析），中精神麻风病毒的人并不是这个世上最不幸的人。这个世上最不幸的是那些看上去健康，但心脏已经石化了的人（他们仿佛是僵尸也仿佛是植物人）。他们永远失去了中病毒的机会，永远失去了医治的机会，也永远失去了与幸福握手的机会。这样的人并不是少数。他们对什么都不关心，有的只是个人的需要。

小说设置了一段情节，对此进行了描绘：在奎里的梦中，奎里感觉到了自己对上帝的渴求，于是，他到一个神父家里取圣餐葡萄酒，当他好不容易来到神父家时，神父正被一群虔诚的妇女包围着。这些人对奎里的到来熟视无睹。当奎里努力把神父拉到僻静处时，另一个神父来了，他对奎里依然熟视无睹。两个神父一阵耳语后，刚来的神父将桌上的圣餐葡萄酒拿走了。奎里绝望万分，他的感觉是，自己与希望约好在路的转角处碰面，却来迟一步，希望已经离去了。

小说中的这个情节正是我们当下部分生活的写照：有多少人真正关心别人的内心？有多少人关心上帝的孤独和寂寞？上帝又关心了多少人灵魂的饥渴？

这个情节告诉我们的是：熟视无睹、漠不关心、自我需要，正是精神麻风病毒的病因。医治病毒唯有爱。而当你意识到自己中毒的时候，幸福就在不远处向你招手。所以我要恭喜你。

关于中国未来走向的一本书

一

关心国事的人的关注点之一是：经过改革开放三十多年探索，如今已走到历史转折点的中国，其前路何去何从？

关于中国的未来，有良知的中国学者和外国学者都在试图从政治、经济、哲学等方面找到出路，如中国哲学家李泽厚著《该中国哲学登场了》、美国学者约翰·奈斯比特及其妻合著的《中国大趋势》。关于中国的未来走向，也是我想知道的问题。相关书籍，我读了一些。但，这些书籍中，只有这本中信出版社出版的《大转型 中国改革下一步》让人激动不能抑制。

该书告诉读者，辛亥革命一百年后的中国、改革开放三十三年后的中国、乃至入世十年后的中国，正处在一个"大转型"时期。未来中国经济如何发展，未来中国社会向何处去，已经成为每个中国人都必须考虑并作出"集体选择"的问题。今天，每一个中国人，乃至全世界关注中国问题的经济学家和有识之士，大都同意这个判断：经过三十多年的改革开放和经济的高速增长，中国社会已经走到了必须选择自己未来经济社会发展方向的十字路口。首先，从经济层面来看，中国过去三十多年，尤其是中国加入世贸组织之后所逐渐形成的经济增长方式需要转变，即由一个高储蓄、高投资、高外贸出口、高能源消耗、高政府税负、高国企投资的"国强"增长路径转向一条居民收入和居民家庭消费较快增长和主要依靠内需的"民富"增长轨道。从这个意义上来说，中国需要转变经济增长方式和政府的经济社会发展的基本国策；其次，从社会层面上来看，在过去三十多年改革开放的经济高速增长时期，中国内部一些社会问题在不断出现和积累，一些社会不安定因素在增加，建立现代法治民主政治已经越来越成为中国执政党和社会各界一个绕不过去的历史任务。就此而论，当今中国，已经到了须得做进一步社会选择的大转型时期。

今天，"尽早启动政治体制改革，已逐渐成为社会各界和决策层的共识"。为此，韦森以经济为切入点，"牵一发而动全身"，带来全局和根本改变。

改革，暨改变和革命，唯有对旧事物的根本改变，才有新事物的诞生。小打小闹或头痛医头脚痛医脚的"改革"，都不会触及根本问题，也就不会有"长治久安"。然而，关于中国当前的改革，至少有三种立场，数十个切入点，上百件急需办的事情。千头万绪中，韦森以对国家和民族的挚爱，深入东西方历史，在历史的长河里，找到一条可以从根本上解决当前困境并照亮未来的道路——预算民主、税权法定。

二

阅读该书时，记者想起很久以前看到的一个故事。故事讲述"文革"中被批斗致死的国家主席刘少奇。刘少奇临死前，在胸口处紧紧抱了一本《中华人民共和国宪法》。《宪法》规定：公民有人身自由的权利。刘少奇想通过法律手段保护自己。可"文革"中，陷入癫狂状态的人们，哪有法治的观念呢？

一晃，如今距离"文革"又是三四十年的时间，可我们的法治观念又前进了多少呢？

欧洲"启蒙运动"，最重要的启蒙之一就是"法"的启蒙。现代意义的"法治"对公民的"责、权、利"有明确的毫不含糊的规定及保护，这和中国封建社会"法制"用"法"统治臣民有着截然不同的内涵。

封建社会，皇权专制下，人与人的关系，主要是主子与奴才的关系。最大的主子是皇帝。皇帝之下，皆为奴才。封建社会里的民，被称为"子民"或"臣民"，意为皇家的奴才。故而，"子民"没有自己的权利，有的只有完成主子所下达命令的义务。因此，封建社会的"法"的根本作用是维护统治阶级的权益。

"五四"新文化运动，陈独秀等人引进"德先生"与"赛先生"。科学与民主的观念进入中国。在新文化启蒙运动中，个体独立人的意识在中华大地如星星之火，渐渐燎原。然而，因压倒一切的"救亡图存"，民主、平等、自由、法治等作为现代人必需的启蒙并没有完成。

新中国成立后，毛泽东在中国建立了社会主义制度，人民的概念被响亮提出。"为人民服务"的宗旨家喻户晓。对"人民"一词进行分析，可见人即是民，民即是人。这就是说，在新中国，民已经不再是奴才，而是人了。这是历史的伟大创举。然而，"人民"中的人，还是一个模糊概念。"人民"因"人"与"民"的等同，强调了"人"的整体性和全民性，忽视了差异性和个体性。在家事、国事一体的传统文化背景下，人民凸显的是人的责任和义务。人的权利（生存权、教育权、卫生权等），则由国家也就是执政党统一安排。计划经济体制下，即如此行事。

这样的观念下，国家法律强调人的责任和义务，忽视人的权利，也就是正常现象了。如在《中华人民共和国宪法》中写到"中华人民共和国公民有依照法律纳税的义务”，从来没有规定纳税人权利的条款，也没有明确说明政府征税需要代议机关（人民代表大会）同意和批准的规定。

看《中华人民共和国宪法》，可看见一个重要信息，“公民”的概念出现在里面。“公民”与“人民”一字之差，其意却相隔万里。从其产生来看，公民是和民主政治紧密相连的。“公民”作为一个法律概念，以一个国家的成员的身份，参与社会活动、享受权利和承担义务。也就是说，“公民”是一个有“责、权、利”并明确知道自己“责、权、利”的人。可以说，“公民”才是一个现代意义上的人，而“人民”还是一个处于现代与传统之间的人。以“公民”为基础的法律，必须对“责、权、利”有明确规定。这是欧洲启蒙运动中“法”的启蒙给人带来的最大获益之一。

对比“公民”与“人民”的概念，可看到，尽管今天“公民”被广泛使用，但在不少人的头脑里，并没有“公民”的意识，有的是“人民”甚至是“子民”的观念。这是思想的根源。由此，才有对纳税人权利的忽视，造成不少公民对自身作为纳税人权利的无知。

公民，在国家政体下的一个重要身份是纳税人。公民与政府的关系从社会契约论来看是一种契约关系，即公民纳税养活从中央到地方上上下下大大小小的“吃皇粮者”，然后政府官员运用国家机器保护公民（纳税人）的产权等。公民与政府的关系是平等关系。双方具有同等的人格。

对于纳税，马克思说，“赋税是喂养政府的奶娘”，“赋税是政府机器的经济基础”。离开赋税，国家机器将不能运转，政府也无法向社会提供任何单个人无法提供的一些必要公共物品和公共服务，因此，税收又是任何一个社会所“必要的恶”。正因为如此，就连18世纪美国最伟大的科学家和政治家富兰克林也曾无奈地叹道："在这个世上，除了死亡和税收外，没有什么事情是确定无疑的。"既然税收是任何社会所"必要的恶"，"必要的恶"毕竟是"恶"。"恶"，尽管不可能被尽除，从经济学的基本原理上来看，就应该是越小越好。从这种视角来认识问题，经济学鼻祖亚当·斯密一生最著名的一句话现在也就可以理解了："除了和平、轻赋税和宽容的司法行政外，把一个最原始的国家发展为最大限度繁荣的国家，就不再需要别的什么了。"

到此，我梳理出作者清晰的思路。

三

作者看到，正因为税收是公权力对私权利的一种干预和侵犯，是纳税人对政府的一种无对价的给付，因此，保护纳税人不受君主和政府公权力的任意攫掠，就成了自1215年英国《大宪章》以来人类宪政民主政治的一个最基本的核心价值诉求。纳税人通过自己所选出的代表，并通过一定法定程序对政府的财政行为进行监控和审理，以确保其使用得当，就成了现代宪政民主政治的一种基本政治安排。通过一定税收立法和一定的法律程序来保护纳税人的权益，也就成了现代宪政民主政治最基本和最核心的问题。正是沿着这一思路，"税收（宪）法定"成了近代以来宪政民主国家最根本性的或言最核心的政治理念。按照税收法定主义，为防止政府部门财政税收权的滥用，必须以权利制约权力。由此各国的政治安排大多是政府征税的决定权力必须要由议会来行使。这样才能使人民相信自己的私有产权不会被政府恣意侵犯。这也就构成税权法定主义的基本内容和根本要求。这就是该书提出的重要观点之一：税权法定。

　　和西方国家"税权法定"形成鲜明对比的是,在中国,纳税人往往不知道自己纳了哪些税、多少税,也往往不知道,所纳的税都用到什么地方去了。

　　作者说,中国的税制与其他国家不一样,消费税是不透明的。哪怕是每个月挣几百块钱的打工妹,去吃一碗面,到超市去买日用品,本身就已经包含流转税了。故不能以为他们不缴个税就没有任何税收负担了,其实税都已经包含在消费过程中了。西方税收是透明的,比如在澳大利亚,实行透明的消费税制,在超市买任何东西,拿到的收银条上,就会明明白白地告诉你,你花出去的钱里面有多少是给政府的消费税,英文叫GST。反过来在中国,任何一个城市,你买东西,缴了多少税,你并不清楚,但不是没有缴。当笔者阅读此处时,深深地为从来不知道自己以这样的方式向国家交税而感到惭愧。正如作者所说,不透明的纳税制度,如何能培养出纳税人的自身权利意识?

　　稀里糊涂交税的情况下,国内生产总值总量已经接近40万亿元了,财政收入总额也高达8.3亿元,其中全国税收总额也已高达7.3万亿。韦森说,这九年间,中国的财税部门几乎每年都以200%的增幅完成了自己所制订的财政收入增收的计划。

　　庞大数字带来的后果是什么呢?"国家或言政府确实是越来越富了,且掌控的经济资源越来越多,操控社会的能力越来越强,但是,普通民众的相对收益和福利却下降了,民众对政府公权力和政府政策制定的制约,也在衰减和弱化。"中央政府掌握的资源越来越多,政府控制社会的力量越来越强,政府投资在固定资产投资中的比重越来越大。于是,一个强势政府控制、主导和驾驭市场的独特的社会体制正在中国社会内部渐渐成型。政府本身作为掌控着巨大自然资源和金融资产的市场参与者和市场驾驭者的双重角色,为处在一个巨大行政科层上一些官员运用自己所掌控的资源配置权力（包括征税、财政支出、政府投资、土地和矿产的运用和利用等等）进行个人以及家庭和亲属的寻租创造了诸多空间和可能。

当今中国实际上正在形成和成型一个各级政府科层进行权力寻租的独特的社会体制这一点，社会各界的共识正在形成。

高税收的后果是政府掌控资源越来越多，操控社会的能力越来越强，政府的权力越来越大，与之相伴对国民经济的直接影响有几个方面：民营企业家很少有动力再去发展实业，去扩增自己企业的新生产能力，去发展自己的商业帝国，甚至也不去"炒煤"、"炒房地产"和"炒股"，而是把自己的资产尽量"变现（钞）化"，并设法移居国外，随之也把部分资产转移到国外；大多数低收入家庭不敢消费，而是将有限的钱存储起来，因为医保、养老、子女教育三大与居民生活息息相关的体系还没有建立完备；企业家们对未来没有一个光明和稳定的预期。

当企业家没有动力发展实业，当城镇居民没有能力消费时，一个强势政府主导甚至统御市场的模式带来的改革开放三十多年的"红利"被吃尽时，国民经济能否继续发展，答案是显而易见的。

对未来中国的发展，韦森给出了自己的另一个见解：预算民主。

什么是预算民主，简单说来，就是政府征税要征得纳税人选出来的代表的同意和批准后，才能征收；政府的财政支出，每笔钱花在什么地方，也必须向纳税人及其代表交代清楚，只有政府的税收和其他财政收入权受到纳税人选出的代表的同意和批准后才能征收和行使，只有政府的财政支出对纳税人来说透明了，并受人民选出来的代表的实际审议和约束了，才有真正的民主政治和法治社会。

　　说到底就是要对政府的权力（包括征税权等）进行限制，就是要政府守法，即政府及其官员在事先制定的抽象规则的约束之下。政府守法，意味着政府及任何政府官员的权力都不是无限的，是应该受到宪法和各种法律法规所实际制约的。一个实际不受宪章性法律约束和人民意愿制约的政府，自然会不断地扩大自己的权力，并有不断增加税收的冲动。政府的权力不受制约，尤其是政府的征税权不受任何制约，将会是一个什么结果？这个社会能是稳定的吗？在无宪政民主政制的政府的治理之下，民众的福利肯定不会太高，且该经济社会的长期发展绩效也可能比计划经济体制更为糟糕。许多第三世界国家的长期经济停滞实际上已经证明了这一点。

　　因此，政府不仅要守法，关键的是，财政支出要透明，受人民选出来的代表的实际审议和约束，政府的行为才可能真正被制约，才有真正的民主政治和法治社会。

四

　　尽管今天，对处于大转型时期的中国来说，因政府征税的无限制、随意性以及财政支出的不透明、无约束，已经造成了八大社会问题，但韦森对中国的未来充满了信心。

　　书中，韦森以一个经济学家的眼光，看到文化与经济发展之间的关系，看到各国的经济增长与文化有很大关联。比如，德国人车造得比较好，日本人也是，而中国人则喜欢经商。为什么拉美和亚洲的经济原来差不多，但后来韩国、新加坡崛起了，南美一些国家的经济却下去了？在很大程度上这也是因为文化的关系。拉美人喜欢享乐，不像亚洲人能吃苦和节俭，而这又与他们是西班牙人、葡萄牙人后裔的文化传统有关。

正是因为看到中华文化中蕴藏的巨大"正能量",韦森以及笔者对中国的未来满怀希望。

在这本书中,韦森还告诉我,21世纪,中国的问题已不仅仅是中国的问题。21世纪,在全球一体化的背景下,中国的问题是中国的问题,也是世界的问题,更是全人类的问题。因此,一个有良知的学者、文化人,应该对中国的问题有高度负责的精神;因此,中国的问题,不应该坐等政府在自我觉醒后再来解决问题,应该积极地向政府建言建策,共同促进问题的解决;因此,这需要广大公民的公民意识的觉醒;因此,这需要持续的启蒙。

韦森说,今天"启蒙"的意义是,学者首先"理清自己",然后"点亮自己",之后"照亮别人"。

当自然的启蒙进一步进行时,当科学的启蒙进一步进行时,当法的启蒙进一步进行时,当诗性宗教的启蒙进一步进行时,当文学的启蒙进一步进行时,公民的公民意识一定会得以全面觉醒,政府一定会成为守法的政府;那时,执政党执政意图的下达和民间民意的上传就会形成良性循环,那时,一个美好的中国一定可以为世界、为全人类贡献出璀璨的智慧和大禹般的情怀和力量。

相信并期待那一天的到来。因为,我爱着我可爱的中国。

大写的人民是社会主义文艺的基石和出发点

2014年10月15日，习近平总书记在北京主持召开了文艺工作座谈会。在3200字的通稿中，"人民"一词共出现了41次。

1942年5月2日，毛泽东在延安主持召开文艺座谈会，就文艺"为什么人"发表讲话。

对照历史，可以看出，"大写的人民"是习总书记讲话中对"人民"一词作出的具有时代和人文精神内涵的全新定义。

"人民"一词古已有之。不同历史阶段具有不同的涵义。先秦时期，人民，泛指所有人，如《管子·七法》"人民鸟兽草木之生物"；也指平民、庶民、百姓，如《周礼·官记·大司徒》"掌建邦之生地之图，舆其人民之数"。在整个漫长的皇权专治时代，人民指黎民百姓，臣民；与君和官相对应。近代以来，"人民"的概念被广泛使用，但往往与公民、国民等词混用，泛指社会全体成员。马克思主义诞生后，人民有了明确的归属。在中国，体现为毛泽东对人民的四次确定。

大革命时期，毛泽东对社会各个阶级进行了明确地划分，指出中国革命的领导力量是工业无产阶级，无产阶级最可靠的、天然的同盟者是农民阶级，最可接近的朋友是小资产阶级以及一切半无产阶级，对中产阶级坚持左翼与右翼两分法。在这一时期，毛泽东初步构成了人民主体的基本思想。"十年内战时期"，毛泽东将工人、农民、城市小资产阶级以及民族资产阶级作为革命的动力，将一切抗日的阶级、阶层和社会集团，纳入人民的范围。"解放战争时期"，人民是工人阶级、农民阶级、城市小资产阶级以及民族资产阶级。新中国成立后，"在社会主义建设时期，一切赞成、拥护和参加社会主义建设事业的阶级、阶层和社会集团，都属于人民的范围"。

毛泽东对人民的确定，是以中国当下客观事实为依据的。鸦片战争至新中国成立，救亡图存以及百废待兴是压倒一切的中国的命运，中国人民为此不惜牺牲小我，而成就了大我。因此，从1924年到1949年，人民，属于阶级、阶层和社会集团，尚未落实到具体的人。

文艺工作同样以当下客观事实为依据。1942年，毛泽东在延安文艺座谈会上讲话的事实是：中国已经进行了五年的抗日战争；全世界反法西斯战争；中国大地主大资产阶级在抗日战争中的动摇和对于人民的高压态势；"五四"以来的革命文艺运动。为夺取抗日战争及世界反法西斯战争的胜利，文艺以工农兵为服务对象，毛泽东将此类文艺称为"革命的文艺"，准确定位了中国非常时期文艺的性质。《太阳照在桑乾河上》《小二黑结婚》《白毛女》等一大批文艺作品，正是在非常的时代背景下完成了鼓舞民众投身革命与建设的使命。

七十二年过去了。习总书记在北京主持召开文艺工作座谈会的客观事实是：中国已全面取得了革命的胜利，并全面进入了数据化管理的现代社会。新中国成立至今六十五周年；六十五年中，中华民族经历了三十六年改革开放所带来的人心和社会的变革。2010年，中国特色社会主义法律体系形成，标志着民主与法治在中华大地切实落地，标志着中国进入了数据化管理的全新时代，标志着自戊戌变法以来仁人志士图存救亡后的凤凰涅槃在中华大地已初步实现。这是今天中国的现状，即"伟大民族、伟大时代"的现状；这是认识今天中国的出发点。

现代，意味着过去社会的不足，意味着传统文明需要重新审视与设计。人、人民与文艺都需要站在时代发展的前列重新定义。

在数据化管理的现代社会，人不再是笼统的数字，而是必须落实于具体的个体、落实到法律意义上的人即"公民"。在法的意义上，"公民"以国家成员身份，参与社会活动并享受权利和承担义务。"公民"是对"人"在形而下作出的法的定义。现代人类社会，"人民"的概念首先是，在法的保障下，由某地域内活着的具体的个体组成的集体。比如中国人民；比如，法国人民；比如，非洲人民。

目前与今后，共享经济是人类社会的必然趋势。人，唯有以人类（已死的、活着的以及未诞生的每一个个体的人的集合）概念才能最终存在于大地上。欧洲文明，侧重于个体独立的人，"国家利益高于一切"与"个人财产神圣不可侵犯"是其社会的基础，也是其"魔咒"。然，中华文明为世界和未来人类给出了方向。"仁者爱人"，为人类提供了如何在大地上共存的智慧。今天的"人"，必是形而下受法的保障享有生存权利并承担社会责任的人；同时，必是形而上具有人类大同梦想和具有独立精神存在的人。如此而是，形而下与形而上完备结合的人，才是具有灵魂的人，才是道法自然的人，才是大写的人。

站在中国和世界的新起点，习总书记赋予了人民新的涵义。以法国作家雨果的《悲惨世界》为例，总书记阐释了"大写的人民"是人民一词在今天的全新概念。"大写的人民"其内涵当是：面向世界，面向未来，面向人心。在全世界范围内，中华人民与世界人民具有同样的人性和存在的内涵。因而，对于以人为根本的文艺来说，今天，大写的人民是社会主义文艺的基石和出发点。

中国已结束了革命。因此，"革命的文艺"已经结束。那么，在现代社会，文艺及文艺工作者的使命当是什么？这是习总书记主持召开的文艺工作者座谈会的开天辟地意义之所在。以大写的人民为基石和出发点，总书记阐明了文艺及文艺工作者在现代社会的使命："文艺是铸造灵魂的工程，文艺工作者是灵魂的工程师。"

在一个科学昌明，宗教不再唱主角的时代，作为党的总书记，习近平提出了非宗教意义上的"灵魂"的概念，这在党的历史上还是首次。这意味着中华文明的一次大跨越，即对人的定义不再仅仅局限于从唯物主义角度看待。人不再是政治的动物、经济的动物，而是有灵魂的存在。这是中国文明对人形而下与形而上的肯定，是对个体独立之人的肯定，是对人的灵魂的肯定。

"文艺是铸造灵魂的工程"，作为对文学艺术功能的精确定位，是"文以载道"的中华文明从农耕到现代的一次文化及人的凤凰涅槃。现代文明的一个重要特征就是分类。政治、经济、文学、新闻……各有各的职责。农耕社会，文学更多地承担着政治即"载道"的工作。而在现代社会，文学不再是政治的婢女，当回归其本位。"艺术的最高境界就是让人动心，让人们的灵魂经受洗礼"，总书记再一次借用了"洗礼"一词，阐明了艺术与灵魂的关系。文学艺术的本职工作是人的灵魂的工作。人的灵魂由文学艺术负责。在这里，第一次，党的总书记肯定了文学艺术的独立地位，并将文学艺术推到了精神"宗教"的高度，必将对未来中国产生深远影响。这标志着，社会主义文艺从此可以按照文学自性的规律发展，即用"现实主义精神和浪漫主义情怀观照现实生活"。

习总书记对文艺本质的回归，明确了社会主义文艺的内涵：其价值标准是"真善美"；其艺术特性是"有筋骨、有道德、有温度"；其美学特质是"信仰之美、崇高之美"。

　　对文艺本质的回归，还明确了文艺创作与作家个人与历史及民族的关系：文艺创作与作家个人相关，但更与历史与民族相关；文艺创作书写作家个人的故事，但更书写大历史、大民族的故事，而非"一己悲欢，杯水风波"。大历史、大民族的巨著不是狭隘的民族的、国家的，而是属于世界的、人类的，就如《悲惨世界》。中国的复兴，必须走向世界，必须在全人类文化意义下崛起。作家作为时代的良知、文明的良知、社会的良知，当自觉担起中国走向未来的重任，当自觉担起铸造中华民族灵魂的使命，写出无愧于伟大时代、伟大民族的作品。

　　大历史、大民族的巨著，是习总书记对广大文艺工作者的嘱托，也是以大写的人民为基石和出发点的社会主义文艺结出的最高的果，更是中国文学走向世界文学的必要。最终，社会主义社会作家的文学作品，是冠以作者名义的作家个人的，也是全社会的，但归根结底是属于全人类的。

曼德拉的遗嘱

> 人如何在大地上活着？人类如何在大地上活着？自由、平等、博爱是永恒的主题。

> ——题记

引　子

曼德拉走了。2013年12月15日，20多个国家首脑出席送别南非已故前总统曼德拉。当日，来自南非的官员和民众，以及各国领导人，共约5000人参加了国葬仪式。葬礼哀荣之极。不计其数的人在沉痛中追思曼德拉。

曼德拉走了。然而，他的名字却刻记在人们心中。2010年起，联合国将每年7月18日曼德拉生日定为"曼德拉国际日"。曼德拉已融入到人类历史的长河。

曼德拉走了。他不仅为世界留下了一个色彩缤纷的彩虹国，更留下了一份对人类未竟事业的嘱托……

一、南非往昔

曼德拉的一生与南非血肉相连。南非共和国位于非洲最南端，东、南、西三面为印度洋和大西洋所环抱。全国80%的居民信奉基督教或天主教。南非是南方古猿化石的最早发现地。科伊桑人是南非最古老居民，长期过着渔猎和采集生活，他们绘制的洞穴壁画和岩壁雕刻是人类原始艺术的瑰宝。

科伊桑人在南非这片土地上自由地生活着。然而，1652年荷兰东印度公司占领了南非开普半岛。从此，科伊桑人不再有自由与幸福。此后，将近500年时间里南非成为欧洲国家的殖民地。

1657年荷兰首批移民侵占科伊人土地。18世纪初荷兰殖民者（布尔人）侵占科伊人和桑人的土地，科伊人一部分被赶到内陆，一部分在布尔人农场充当"仆役"，桑人在南非境内基本被消灭。

继荷兰之后，英国染指南非。1795年和1806年英国两度占领开普敦殖民地，1814年英国的占领得到维也纳会议的确认。初期英国把开普敦作为海军基地，1820年开始移民。科萨人为保卫土地，半个多世纪内进行了6次反侵略反殖民战争。1853年，姆巴谢河、大凯河以西的土地全被英军占领。英国在新占领地区最大限度剥夺非洲人的土地，迫使失去土地的非洲人去充当欧洲人农场的雇工。英国在南非首创土著保留地制度。白人殖民者占有90%土地，非洲人只保有10%土地。保留地里土壤贫瘠缺水，地少人多，大半非洲人被迫外出替白人工作。

19世纪60和80年代，殖民者加剧争夺。在奥兰治和德兰士瓦境内分别发现蕴藏量极丰的金刚石矿和金矿。大批欧洲移民涌入南非。以矿业为中心的近代工业兴起，城市建立起来，大批非洲人离开保留地流入矿场做工。

英国为了控制整个南非领土，1877年兼并德兰士瓦共和国，1879年征服祖鲁王国。德兰士瓦的布尔人对英国的统治极为不满，于1880年12月向英军开战。1899—1902年爆发了英布战争，英国人获胜，并吞了奥兰治自由邦和德兰士瓦共和国。1909年英国议会颁布南非联邦法案。确定了英国人和布尔人联合统治非洲人的合作关系，规定了对白人和黑人的区别待遇。南非当局一贯推行种族歧视政策。南非党的博塔－史末资政府在执政期间（1910~1923）制定了许多压迫非洲人的种族歧视法律，1913年的《土著土地法》，严格限制非洲人取得保留地以外的土地。1948年国民党上台执政，它煽动白人对黑人的种族仇恨，为巩固种族主义的统治，变本加厉推行种族隔离政策，制定了一系列法律，如《集团住区法》（1950）、《镇压共产主义条例》（1950）、《通行证法》（1952年修改通过）、《班图人教育法》（1953）等，把种族歧视贯穿到经济、社会和政治各个方面。

白种人在南非这片土地上欠下了累累债务。南非作家库切在小说《耻》中对此进行了揭示。小说《耻》讲述了开普敦技术大学文学与传播学教授、五十二岁的戴维·卢里（白人）和他的女儿露茜在南非所遭受的种种今非昔比的遭遇，尤以第三部分凸显了白人在南非地位的变化。第三部分中，卢里的女儿露茜遭受农场附近三个黑人的抢劫和蹂躏，而其中一人居然还是个孩子；卢里也在这一事件中受伤。事件本身，事后父女两人和其他有关的人对事件的态度及处理方法，传达着作品的主要信息。故事结尾时，抢劫强奸案不了了之，露茜怀孕，卢里要写的歌剧始终还在脑海里萦绕，同时，他最终放弃了"拯救"一条终将一死的狗的生命的企图。

通过卢里父女的命运，库切想表达作家对白种人进入南非历史的理解。故而，在《耻》中，库切频繁使用了"篡越"一词。"篡越"源于希腊神话。克洛诺斯是希腊神话中天神与地神的儿子，他阴谋篡位统治世界，后来被自己的儿子宙斯废黜。库切用"篡越"想表达的是广义上的"非法越界"，即随意超越政治、社会、道德等为个人所规定的界限。这样的越界在《耻》中比比皆是，尤其在卢里和女儿露茜的关系中呈现出丰富的层次。卢里和女儿矛盾的焦点事件是露茜遭强暴。

当露茜被强暴后，施暴歹徒刚一离开，卢里就赶紧去看看露茜到底怎么样了。可任他拼命敲门，露茜许久都没有把门打开；当她最终开门出来的时候，已经穿戴整齐，受蹂躏的痕迹不很明显了。更令卢里无法理解和接受的是，露茜一再坚持不报案，并且迟迟不把当时的真相告诉卢里。在这段情节发展中，两人的关系已不仅是父女，而泛化成男女两性之间的关系了：女性自有其生活的界线，有权利不允许男性进入，任何形式的违背女性意愿的越界，都是对女性权利的侵犯。对女性的强暴就是一种残忍的、极端的越界，强暴具有同性恋倾向的女性更令人发指；然而从一定意义上说，卢里在事后再三询问露茜，希望她说出事实真相，实际上也是一种越界企图，试图重新打开露茜因受暴力越界而紧闭的情感之门，进入露茜的生活，而露茜则明白地告诉父亲："这与你没关系……发生在我身上的事情，完全属于个人隐私。换个时代，换个地方，人们可能认为这是件与公众有关的事。可在眼下，在这里，这不是。这是我的私事，是我一个人的事。"一句话，不要越界。

当露茜告诉卢里"在眼下，在这里"时，卢里反问道，眼下是什么时候？这里是什么地方？露茜回答，眼下就是现在，这里就是南非。这句话，立刻使发生在个人生活层面上的事件带上了强烈的历史和社会色彩：这一切，都发生在殖民主义消退、新时代开始的南非；而这样的时代和社会背景（在小说中其实是前景），更使越界的主题具有了超越个人经历的更普遍、更深刻的社会、政治和历史意义。

在某种意义上，在偏僻乡村里的那个农场上的露茜，指称的正是欧洲殖民主义，而从根本上说，殖民主义就是一种越界行为：它违反对方意愿，以强制方式突破对方的界线，进入对方的领域，对对方实施"强暴"。

殖民主义越界的代价首先在最为个人的层次上表现出来，那就是露茜遭遇强暴这一事件。露茜事后回想起来，令她最感可怕的是，施暴者似乎并不是在宣泄情欲，而是在喷发仇恨，一种产生报复的快感的仇恨。她的感觉是正确的，但她可能并不十分明白，这股仇恨中积淀着历史和民族意识。那三个黑人要报复的并不是露茜这一个人，而是她所指称的整个殖民主义。他们要像当年白人殖民者"强奸"南非（非洲大陆）那样强奸（露茜所指称的殖民主义者）白人。

白人殖民者在总体上为他们的越界付出了代价。露茜的农场远在偏僻的乡村，处于当地黑人的包围之中。白人不仅在（农业）装备良好、经验丰富的当地人面前节节后退，农场朝不保夕，连自己的地位都悄悄发生了质的变化：从前听惯了"老爷"一类的称呼，现在却完全倒了过来：曾经是大学教授的卢里，曾经是雇主的露茜，现在一个给佩特鲁斯打下手，另一个不得不以自己的身体和尊严为代价，做"前帮工"佩特鲁斯的第三个老婆，为的是能留在农场上（除了农场她还能去哪里，还能做什么）。为追查强暴女儿的元凶，卢里对佩特鲁斯紧追不舍，可后者以自己特有的方式对他的追问置若罔闻，装聋作哑。对此，卢里十分恼怒，可又无计可施。他不由得感叹道，要在过去，一句话就能让佩特鲁斯丢了饭碗；可他清楚地，也很悲哀地意识到，现在，表面低声下气的佩特鲁斯，手里正捏着他女儿，甚至是他自己的命和前途，——如果他们还有什么前途可说的话。回想起卢里刚到乡下，听说要让他给佩特鲁斯打下手时，他自我解嘲地说，他喜欢这具有历史意味的刺激。其实，喜欢倒不一定，刺激是会有一点的，历史意味肯定很浓：那是历史的反讽——殖民者突然发现，自己的身份和从前的被殖民者换了位置！越界进入非洲（南非）的西方文明从根基到形式，最终，都被消解掉了。

透过《耻》可看到，经过欧洲数百年的殖民，南非的国情在世界成为唯一：历史，无限伤痛；当下，黑、白两个种族交融而又斗争。1918年7月18日，出生于南非特兰斯凯一个部落酋长家庭的曼德拉，从降生起即置身于如此复杂境况的南非。独特的国家命运，注定了曼德拉将走一条独特的人生道路。

二、殖民主义

南非的伤痛，即是曼德拉的伤痛，殖民主义是其源头。库切在小说《耻》中严肃探讨了殖民主义。什么是殖民主义？殖民主义的实质是什么？如何对待殖民主义？如何重建人类社会？库切深刻思考南非及人类的过去与未来。库切的问题，也正是曼德拉的问题。

笔者之见，殖民主义，仅文明意义的"越界"是难以概括的。越界仅是殖民主义的一种表现形式。

探寻殖民主义，需回到欧洲文明的源头。首先，要了解欧洲的地理环境。地理具有长期的力量，可以影响人类事务。欧洲大陆的地理特征为：轮廓破碎；大陆东宽西窄；多半岛、岛屿和内海、边缘海；大部分地区地处北温带，气候温和湿润，森林茂盛。欧洲森林覆盖率总体为30%，有关资料介绍，欧洲各国的森林覆盖率普遍很高，一般国家都达到40%以上。欧洲大陆多海洋、多森林的地理环境，决定了欧洲人早期的生活方式是渔猎与狩猎。4万年前出现的以狩猎为生的克鲁马侬人，在猎光了所有大野兽后，他们从非洲向欧洲和亚洲转移。欧洲多森林适宜狩猎的地理特征，让克鲁马侬人的狩猎特长得以发扬。欧洲人主要从狩猎聚居民族繁衍而来，已由科学界从欧洲人的基因调查得到证明。狩猎在欧洲成为文化传统。据记载，早在罗马统治英格兰时期，狩猎就成了当时王室所特有的休闲方式。对于一个18世纪的英国贵族来说，身穿猩红的猎装，头戴黑毡帽，骑着骏马，猎犬引路，策马扬鞭，追逐猎物，是一种地位的象征和财富的证明。因此，以农耕、狩猎、采摘、渔猎四种人类直接从大地获取生存资源的方式来划分文明的种类，那么，欧洲文明应属狩猎文明。

文明决定人的思维方式及生活方式。狩猎的特质是，进攻与杀戮。自然，在狩猎文明环境下生活的欧洲人，以非此即彼的直线为思维方式；以进攻为生存方式。此生活方式，自然产生"占领、奴役和剥削弱小国家、民族和落后地区，将其变为殖民地、半殖民地"的行为。诞生于欧洲的殖民主义，是狩猎文明发展的极端结果。这是16—18世纪，西班牙人、葡萄牙人、荷兰人、英国人、法国人，像猎人一样在非洲的土地、美洲的土地、亚洲的土地上抢劫、掠夺、屠杀的根本原因。

殖民主义的诞生，根本在于文明，与经济没有本质关联。虽然，殖民主义与欧洲的资本主义有着联系，但并非发达的经济催生了殖民主义。

可以以中国为例作正面说明。1750年，即清朝乾隆十五年，中国GDP占世界总量的32%，几乎是世界的1/3。当时的中国，可算世界超级大国。然而，中国并没有对周边或边远国家发动殖民。而且，在中国历史上从未有过殖民主义。以农耕为主体的中国，在五千年历史中，形成了和的文化。

中国具有适宜农业耕作的地理环境。农业生产，需要灌溉，需要邻里之间互帮互助，自然，"和为贵"成为中国文化的核心。故而，农业文明下的中国，尽管汉、唐、宋、明、清时期都可谓世界超级大国，但从未对周边或边远国家发动过殖民活动。

归根结底，殖民主义是文明的产物。是欧洲狩猎文明的结果。狩猎文明的特质，让欧洲国家，从罗马到美国，沿袭了丛林法则，即圈占领地、弱肉强食，同时，沿袭了非敌即友的思维模式。至今，美国仍以狩猎文明模式处理国际事务。殖民主义的进一步发展，即为帝国主义及人类中心主义。

归根结底，殖民主义并非人性的根本。若从人性根本出发，殖民主义、帝国主义、人类中心主义，都可被超越。经过漫长革命岁月的洗礼后，曼德拉如此坚信。

三、反殖民主义

与殖民相伴随的是，反殖民。

不得不提到，圣雄甘地、美国民权运动领袖马丁·路德·金，这两位成功反抗殖民主义、种族主义，改变人类文明格局的人物。他们也是曼德拉的精神导师。

机缘巧合的是，圣雄甘地的非暴力运动肇始于南非。19世纪，印度与南非，同为英国殖民地。相同的殖民经历，不同的文化背景，促成了甘地的非暴力运动。

在印度主张万物平等的佛教文明下成长的甘地，心中有着慈悲与爱的种子。15岁时，甘地偷了哥哥手镯上的一小块金子，良心受到谴责。由于不敢当面认错，他写了一封悔过信交给父亲。甘地原以为会受到重罚，没想到病榻上的父亲读后泪流满面，竟原谅了他。甘地感动得哭了。这是甘地人生中第一堂"非暴力"课。他认为，父亲信任与慈爱的力量远远胜过责骂和棒打。后来他在自传中写道"这些爱的眼泪洗涤了我的心灵，抹拭了我的罪污。只有亲自经历这种爱的人，才能认识它的价值……"。第一次"非暴力"体验，让甘地体会到了爱所蕴含的洗涤罪恶的巨大能量。这次体验，成为甘地"非暴力"运动理念的基点。

1893年，甘地以律师身份前往南非谋生。在南非，甘地品尝到了种族歧视的滋味。种族歧视是殖民主义的重要内容。在印度，甘地因家族高贵的出身，对种族歧视没有感受。而当甘地为了生活来到南非时，他看见：印度在南非的"契约工人"在矿上或农场工作5年后，要么得到一份船费回印度，要么可以作为"自由"印度人留下来，在南非的英国人或布尔人领地只能处于半奴隶状况。在南非所有的印度人都被称做"苦力"或"沙弥"。乘坐火车时，因印度人身份，甘地只能坐三等车厢，尽管他购买了头等车厢车票。当对不公平表示抗议时，甘地迎来的是列车员、警察的拳头。对于种族歧视，曾在中国上海滩树立过的"华人与狗不能入内"的牌子是最好的说明。

尽管，亲身体会了拳头的滋味，然而，甘地心中并没有涌出仇恨。不过，曾留学英国学习法律，接受了现代教育的甘地，对身体遭受的痛苦无法仅以佛教教义中"臭皮囊"一词轻易打发掉。甘地直面肉体的痛苦。他决定，"我现在所遭受的痛苦还是表面上的，只不过是种族歧视的一种沉重的病症罢了。如果可能的话，我应当设法把这病根除，哪怕因此要遭受一些痛苦"。甘地要做的，不是复仇，而是治病。这让他的革命不以传统暴力手段进行，这也让甘地显得与众不同。甘地一生中曾16次绝食，18次进监狱，5次遇刺。在殖民主义盛行，充满暴力的世界里，甘地仅以血肉之躯、仅以对人性的信任，以彻底的柔弱对抗压迫，这样的革命，自诞生之日起，就让人赞叹。

促使甘地非暴力运动除从小生长的环境外，还有一个因素是欧洲文化的迷惑性。"我们是为了保持大英帝国宪法的完整而斗争的，为的是某一天实践能尽可能地靠近理论……消极抵抗……现在是不适用的，它的使用仅限于一个社会普遍含冤受屈，并感觉到它的自尊和良心受到伤害时。……我们的冤情……可能每天都在朝这一地步迈进……在那之前，只有普遍的补救措施，如请愿等，是目前可以使用的。"作为被殖民者，甘地看到大英帝国文化中的一个矛盾现象："自由、平等、博爱"写在大英帝国的宪法里，而且大英帝国在统治印度期间，改变了印度的落后面貌，兴建铁路、公路，成立电报服务，改进公共卫生等，这些都是依靠印度本身的力量难以做到的。然而，大英帝国一面带给印度人"福祉"和美好期望，一面也带给印度人歧视和压迫。这种矛盾，深深地迷惑了甘地。甘地不知道，这是欧洲狩猎文明的属性造就了这样的二律背反。不过，天真如处子的甘地在矛盾中看到前进的方向，他相信大英帝国终能兑现"自由、平等、博爱"的诺言。目前的状况，仅是因为理论与实践的脱节。因此，要做的，不是用暴力推翻"自由、平等、博爱"，而是让"实践尽可能地靠近理论"。

从暴力革命者的眼光来看，甘地的做法实在太冒险，无异于以身饲虎。然而，天真的甘地却向人们提出了一个问题：什么是敌人？如何对待敌人及敌人的东西？

欧洲丛林法则回答，入侵者或潜在危险者即为敌人。对待敌人的手法是，将敌人消灭掉。

中国"和"的文化回答，世上没有敌人，只有友人。对待友人，唯礼尚往来。

甘地却回答，世上没有敌人，只有人。对待人，唯有爱。因此，凡人的人性中美好的东西都值得学习和保留。当甘地以不服从的非暴力手段，避免了两个对立国家的大范围冲突，成功实现民族解放，并将大英帝国的优秀部分延续到印度共和国中时，他对何为敌人的理解成为人类的精神财富，启示了曼德拉领导的民族解放运动。

甘地一生中最著名的一次运动是向海洋进军。为了抗议殖民政府的食盐公卖制，他从德里到艾哈迈达巴德游行达400公里，被称之为德里游行（或称"盐队"）。数以千计的人们徒步到海边自己取盐而不是给政府交税。没有税收，殖民政府无法运行。而英国殖民者不可能将不服从的印度人都杀掉，因此，他们只有妥协，只有离开印度。英国人走后，甘地及其后继者承续了大英帝国统治期间的民主、科学、法治等现代文明内容，这保障了印度的经济与社会不倒退到被殖民前的小农经济时代。

甘地相信，有爱的地方就有生命，仇恨导致毁灭。他的非暴力运动不仅让大英帝国分崩离析，而且影响了全世界的民族主义者为争取祖国独立和民族解放而奋斗，最终，在世界范围内结束了殖民统治。

当然，非暴力并非意味着无牺牲。在甘地的非暴力革命中，也牺牲了不少手无寸铁的群众，如1919年，在阿姆利则，英国政府向和平政治集会的人群开枪，数以百计的印度教徒、穆斯林被杀害。然而，与暴力革命动辄百万、千万人丢掉性命相比较，这样的牺牲其代价已算最低。通过非暴力，甘地很好地示范了实力绝对悬殊的双方，弱者如何取得胜利。弱者的出路并非要么变成强者，要么永远是失败者。强弱双方解决问题的方式，并非仅拳头一条路。尤其，在全球经济一体化的时代，正义、平等、仁爱成为人类共同遵循的准则，以武力以暴力解决矛盾冲突的方式逐渐受到人类的诟病，拳头大小逐渐不再成为强与弱的标志。

在甘地的成功中，世界发达的新闻事业为其助了一臂之力。20世纪，先进的通讯手段让全球成为一体。弱小国家得以有话语权。甘地一生曾创办和主编过四种刊物。此时，印度与英国的事，绝非仅限于印度与英国，而是世界人民共同的事。当屠杀在阳光下进行，在世界人民的眼光下进行时，没有道义的名义，屠刀实难落下。当英国在阿姆利则制造惨案时，世界谴责的声音让英国不得不为自己的行为道歉并赔偿印度人民。过去，殖民之所以能发生，就在于，屠杀在黑暗中进行。殖民者在非洲、在美洲、在亚洲进行掠夺时，不能立即被世界所共知，也就无法对其进行制止。当全球一体化时，世界范围内的战争与和平都暴露在众人的眼球下，屠杀不再能够随心所欲，不再能够成为强权者的福利。世界一体，"自由、平等、博爱"成为人类共同维护的章程，这时，种族、民族、国家之间平等对话不再仅以军事与经济力量做后盾，文明成为对话的重要筹码。这为曼德拉反种族主义的成功奠定了基础。

四、反种族主义

尽管英、法、荷等国不情愿地从世界退回到欧洲，然而，第三世界国家以及第一世界国家中非白色人种人民的待遇仍然没有得到必要改善。欧洲国家继续推行与殖民主义相伴随的种族主义。

种族主义由来已久。19世纪以来，随着科学和技术的进步，出现了为种族主义提供"科学"依据的思潮。法国社会学家戈比诺在《论人类种族的不平等》一书中，将人类种族分成不同等级，宣传日耳曼民族是最优秀的。有人还从生物学和遗传学的角度"论证"人类不同种族的优劣，宣扬白人种族优于黑人种族和其他种族。社会达尔文主义认为人类社会也在进行"优胜劣败、适者生存"的斗争，白人是优胜者。希特勒法西斯分子竭力宣扬雅利安人是最优秀的人种，应当统治世界，为他们迫害犹太人和发动第二次世界大战制造理论根据。

种族主义的背后，是狩猎文化的驱动，是"非敌即友、弱肉强食"的丛林法则的现代版。尽管，现代，欧洲国家在物质以及精神领域发育出了较高程度的文明，但因以狩猎文化为根基，故而始终无法脱离弱肉强食的法则，突出表现为，对非白色人种实施种族主义。

一个显著例子是美国。仅以几个事件为例。南北战争后，黑人名义上获得了平等的公民权，但是，法律对于黑人的不平等在美国始终存在，南北战争之后，这种不平等甚至是公开的。在这个全世界法制最发达、最健全的国家，长期允许对黑人采取私刑。1882—1927年，因私刑而死亡的黑人，能够统计的超过3500名，这个数字高于同一时期政府法院判定的合法死刑数。在那个年代，对黑人动用私刑的照片还被印成明信片，在美国广泛传播。二战期间，很多美国黑人参加军队，投入到与法西斯的战斗中。当战争结束，黑人穿着军装回到美国，居然引起白人种族主义分子的不满，他们像3K党一样杀掉这些黑人，原因仅仅是因为黑人穿上了军装！1962年9月30日，黑人学生詹姆斯·梅瑞迪斯被密西西比大学录取，引起白人种族主义者的暴力活动。

残酷迫害之下，处于弱势的黑人在甘地非暴力革命的鼓舞下，拿起了"人类最伟大的武器"——非暴力。1963年8月28日，美国著名黑人领袖马丁·路德·金牧师的演讲《我有一个梦想》，吹响了反种族主义运动的号角。

1963年8月28日，马丁·路德·金牧师在华盛顿主持了一次有25万人参加的集会，他领导群众从华盛顿纪念碑下游行到林肯纪念堂。随后，他发表了使美国人民难忘的演说——《我有一个梦想》。他说："我的这个理想主要来源于美国的梦想。我梦想将来有一天我们这个国家挺身屹立，真正实践它的这一信条，即我们认为这些真理是不言自明的，所有的人生来平等。""梦想将来在佐治亚州，'奴隶的儿子与奴隶主的儿子'，如同手足，一道坐在餐桌上；梦想将来在密西西比州自由与正义替代压迫与剥削；梦想她的人民最终获得自由，获得自由，感谢上帝，获得自由。"

马丁·路德·金渴望，在美国这片土地上，"上帝的所有孩子，黑人和白人，犹太教徒和非犹太教徒，耶稣教徒和天主教徒，将能携手同唱那首古老的黑人灵歌：终于自由了！终于自由了！感谢全能的上帝，我们终于自由了！"自由，是马丁·路德·金的奋斗方向。

为追求自由，马丁·路德·金曾十次被人以各种方式监禁，三次入狱，三次被行刺。第三次行刺，夺走了他的生命。时年，39岁。

在马丁·路德·金的反种族主义运动中，面对的一个难题是：如何使黑人取得合法的美国公民身份。黑人的祖先以奴隶的身份来到美国，他们的后代是否因此而低人一等？故而，在《我有一个梦想》的演讲中，马丁·路德·金抓住一个事实，黑人与白人一样是美国公民，不管他们的祖先因何原因来到美国。"我的祖国，可爱的自由之邦，我为您歌唱。这是我祖先终老的地方，这是早期移民自豪的地方，让自由之声，响彻每一座山岗。"马丁·路德·金在这里强调，美国，是黑人与白人共同移民的地方。美国不仅是白人也是黑人的祖先终老的地方。"我们共和国的缔造者在拟写宪法和独立宣言的辉煌篇章时，就签署了一张每一个美国人都能继承的期票。这张期票向所有人承诺——不论白人还是黑人——都享有不可让渡的生存权、自由权和追求幸福权。"因为美国已是黑人的家园，是可憧憬自由与幸福的，因此，黑人首先应以美国为自己的祖国，不应将自己的家园以暴力破坏掉。然后，黑人应该享受美国宪法所赋予的一切权利。

和甘地非暴力运动相比较，马丁·路德·金的非暴力运动不同之处在于：甘地所从事的事业是人类不约而同的正义。驱逐侵略者是人类的习惯性正义。甘地的革命是人类文明积淀到此的自然结果；马丁·路德·金面对的却非正义，而是生存问题。美国，并非黑人的原住地。尽管，黑人的祖先是以悲惨的命运来到美国的。然而，寻根问底，黑人终究是外来者。作为外来者，有权利在美国这片土地上生存下去吗？这个问题，比习惯性的正义难以回答。通过演讲，马丁·路德·金告之白人，他们都是外来者。印第安人，才是美利坚真正的主人。因此，执掌政权者无论白人还是黑人只有真正兑现《独立宣言》中对所有人关于自由、关于幸福的承诺，才可能合法地在美国生存下去，才可能获得印第安人的原谅。因此，黑人与白人作为美国公民的身份是有条件的。此时，同为外来者但处于弱者位置的黑人要在美国生存下去必须淡化自己的被殖民者后裔身份，认同美国公民身份。因为，如果牢记被殖民者的历史，黑人对白人的仇恨将源源不绝，报复将在美国的大地上一浪接一浪，那对黑人或白人都将是灾难。尽管认同美国公民身份，意味着斩断了历史（这样做会很痛），然而，从当下开始，却可能获得幸福，让黑人、白人、印第安人都能得到幸福。在牢记历史与获得幸福之间，马丁·路德·金选择了斩断过去，认同自己的美国公民身份，并以美国文化为自己的文化。

1963年4月12日，马丁·路德·金和南方基督教领袖会议领导人在阿拉巴马州的伯明翰领导了大规模群众示威游行。伯明翰以白人警方强烈反对种族融合而著称。徒手的黑人示威者与装备着警犬和消防水枪的警察之间的冲突，作为报纸头条新闻遍及世界各地。金当天被捕。他在狱中写作了《来自伯明翰监狱的书简》。书简中，他写道："不施加合法且坚定的压力，在民权领域便得不到丝毫的进步。有一个历史事实颇为可悲，便是特权集团很少能够自愿放弃特权……所有种族隔离的法规皆为不公正，因为种族隔离扭曲了灵魂，败坏了人格。它赋予隔离主义者错误的优越感，又给予被隔离者错误的低劣感。""340年来，我们一直在等待，等待着宪法及神赐的权利……然而，当你见到凶恶的暴徒将你的父母随意私刑处死，将你的兄妹踢打致死的时候；当你见到充满仇恨的警察咒骂、踢打甚至杀死你的黑人兄妹的时候；当你见到你的2000万黑人兄弟，绝大多数拥挤在富裕社会当中狭窄的贫民窟里苟延残喘的时候……当你永远挣扎于给人视为'无能的家伙'这种堕落的感觉之中的时候——到了这时，你便会理解，为什么我们觉得难以等待下去。"书简促进了反种族主义运动。总统肯尼迪对伯明翰的抗议做出了回应，他向国会提出放宽民权立法的要求，这促成了1964年《民权法案》的通过。1964年，美国国会通过《民权法案》宣布种族隔离和种族歧视政策为非法政策。此后，美国逐步去除种族隔离的藩篱，并在立法上给予非洲裔美国人更多权利，包括取消公共住宿和住房等方面的歧视性条款，以及保障投票权等。此外，非洲裔美国人的经济生活也得到不断改善。

马丁·路德·金领导的民权运动，不仅改善了美国非洲裔的待遇，促进了国际反种族隔离制度。同时，为曾经对立的两个种族后代和谐共处提供了参考。他的思考也深刻地启迪了曼德拉。

五、曼德拉与南非

当马丁·路德·金在遥远的美国为种族歧视而奋斗时，与他同时代的另一位黑人领袖也在地球的另一端为共同的目标而斗争。他就是曼德拉。

作为南非土著居民，受压迫是曼德拉从出生起即承担着的命运。因此，从少年起，曼德拉即将民族解放作为自己的事业。在曼德拉寻求民族解放的过程中，起初以非暴力为革命手段。1944年，曼德拉参加了主张非暴力斗争的南非非洲人国民大会。1952年年底，他成功地组织并领导了"蔑视不公正法令运动"，赢得了全体黑人的尊敬。为此，南非当局曾两次发出不准他参加公众集会的禁令。

命运之神赐予南非的是不可思议。1961年，当曼德拉及其同胞为摆脱殖民统治而斗争时，白人执政者宣布退出英联邦，成立"南非共和国"。南非宣布独立。这件事有点像个冷笑话。如同一场游戏，曼德拉和他的同胞正认真玩着，忽然，接到通知，游戏结束了。当白人宣布南非独立时，这让曼德拉和他的同胞一直以来的奋斗失去了意义。他们想要的不就是摆脱殖民统治吗？现下，南非不是独立了吗？此时，独立的南非，让曼德拉和他的同胞以驱逐白人为目的的革命，失去了人类不约而同的正义的支撑点。此时，他们与白人之间的关系，不再是被殖民者与殖民者的关系，而是一个国家的内部矛盾。一夜之间，黑人与白人成了"兄弟"。此时，在现行国家概念下，他们驱逐白人的正义事业变成了"危害国家安全"。这实在有点像个玩笑。

面对突如其来的变化，一时之间，曼德拉不知道怎么应对。南非国内情况变得异常复杂。白人与黑人之间的冲突加剧。1960年3月21日，南非军警在沙佩维尔向正在进行示威游行的曼德拉一行的5000名抗议示威者射击，惨案共导致了69人死亡，180人受伤。复杂的局面下，不知道怎么正确应对的曼德拉抛弃了非暴力运动。1961年，曼德拉开始计划用武装斗争的方式来对抗政府的暴力镇压。此后，曼德拉转入地下武装斗争，被任命为非国大领导的军事组织"民族之矛"的总司令。

然而，命运终究没让曼德拉走上暴力革命的道路。1962年8月，曼德拉被捕入狱，当时他年仅43岁，南非政府以"煽动"罪和"非法越境"罪判处他5年监禁。

监狱生涯，对普通人是牢狱，而对曼德拉则是浴火重生的熊熊圣火。1962年10月15日，曼德拉被关押到比勒陀利亚地方监狱。在那里，曼德拉没有书看，没有书写用品，也没有人跟他说话。曼德拉的心开始与外界隔绝，但他很想感受一下外面的事物，以集中自己的注意力。曼德拉觉得，宁愿挨一顿打也不愿意被单独关押了。被单独关押了一段时间之后，哪怕是与囚室内的虫子在一起，曼德拉也感到高兴，有时甚至想与一只蟑螂一起聊一聊。有一天，曼德拉竟想用一个苹果收买一位中年黑人狱警，让他与自己说说话。几周后，曼德拉竟然准备放下自尊，愿意用长裤换取有人为自己做伴。此时，曼德拉领悟到了人在大地上的社会属性。人必须以人类在大地上活着。没有了人类，独身一人在大地上是没有意义的。

此时，问题开始在曼德拉的脑海里浮现：什么是家园？什么是正义？什么是敌人？什么是人民？我是谁？

驱逐入侵者，在人类社会仿佛已是天经地义的事。不需要再思考。然而，谁是地球上最早的原住民？地球上的每一片土地该由谁居住才合法？

细细思考，曼德拉发现，地球上最早的原住民并非人类，而是各种植物、动物，地球上原本没有人。地球应是生命共有的。原住民，仅是人类出现后，在相对较早时间里居住在某片土地上的族群。原住民并不拥有对某片土地天然的合法所有权。原住民一词，在欧洲殖民者眼里，更多的意味是占有领地。

1964年6月，南非政府以"企图以暴力推翻政府"罪判处正在服刑的曼德拉终生监禁。当年，他被转移到罗本岛上。在狱中，他渡过了27个春秋。

这一幕，真像是一出闹剧。一个以非暴力谋求民族解放的战士，最终沦为"以暴力推翻政府"的囚犯。这样的结局与曼德拉的初衷相去何止千万里。然而，"以暴力推翻政府"罪因何而来？难道，曼德拉本人真的错了？如果，他没有错，南非将往何处去？如果，他错了，南非又将往何处去？曼德拉面对的问题实在太复杂，没有任何相似的经验可以借鉴。

走进监狱的大门，曼德拉将政府对自己的惩罚作为修炼。罗本岛的狱室只有4.5平方米（以曼德拉的身高，只能勉强在牢房里躺下），然而，在狭小的空间里，曼德拉却仍然坚持以前的训练模式。从礼拜一到礼拜二，坚持跑步和体能训练，然后，休息三天。礼拜一和礼拜二早晨，在牢房里跑45分钟，然后做100个俯卧撑、200个仰卧起坐、50个下蹲运动和其他各种体能训练活动。锻炼身体和意志的同时，为让自己的心灵不被监狱的囚禁所枯萎，曼德拉希望监狱方面同意他在监狱的院子里开辟出一块菜园，监狱方面多次拒绝，但最终还是同意了曼德拉的要求。后来，在波尔斯穆尔监狱，曼德拉种了洋葱、茄子、卷心菜、花菜、豆角等近900种植物。

当姹紫嫣红的植物点染了灰暗的监狱时，体味了个人自由被限制的曼德拉，深深感受到生命的伟大意义。无论黑人，还是白人，在根性上都是相同的，共同的属性是人类。自由，属于每一个生命。黑人渴望自由，同样，自由也为白人所渴望。曼德拉领悟到，没有任何人可以以"种族、民族、国家"的名义剥夺别的生命的生存与追求自由、幸福的权利。过去，他的暴力革命真的错了。

曼德拉慢慢领悟到，过去，让他从非暴力走向暴力，囚禁了他心灵的正是种族、民族、国家以及家园这些概念。黑人是南非这片土地的原住民，自然将南非作为自己的家园。然而，经过几百年的殖民统治，殖民者后裔（白人）已经成为南非的居民，并且将南非作为自己的家园。如小说《耻》里的卢里教授的女儿露茜，她可以不选择南非，而选择去荷兰生活，可是她即使屈辱地活着（做黑人邻居的第三任妻子，把土地都划在黑人名下）也要选择南非。对于露茜这样的白人，什么是家园？对于露茜这样的白人，什么又是正义？

面对露茜们，曼德拉只能回答，家园关乎个人的情感。家园，是超越命运，不可更改的偶然和必然；家园，是个人的天堂和地狱。过去，所言家园，不自觉中以欧洲狩猎文明去思维，将家园当成了领地。故而，不自觉中将地球、文化、家园都当成了必须占有的财产。如此，人的心灵就被套上了枷锁，人类因此永远处于战争中，无法解脱。

而关于正义，不仅仅是简单地驱逐入侵者。驱逐入侵者还是丛林法则，即保护自己的领地。正义应是人文、人性的概念，是人类超越自然法则、超越动物属性的伟大的生命信念。自由同样是人类对自然法则的超越。曼德拉想着自己的精神导师甘地和马丁·路德·金，终于明白，正义的事业是对美好人性的捍卫；是对人以人类的形式（而不是以种族、民族、国家）在地球上美好生活着的奋斗；是对人类主义信仰的捍卫。过去，曼德拉领导的民族解放运动，尽管在当下世界文明格局中，可算正义事业，国际社会也无可指责（因为南非黑人是曾被压迫与被奴役的），然而，从长远人类主义的眼光来看，他的道路并不正确。

曼德拉的灵魂渐渐获得了解放。曼德拉明白了现在南非的白人已经和黑人一样，都是南非的一员。眼下，只有"让黑人和白人成为兄弟，南非才能繁荣发展"。此时，曼德拉对自己的人民获得自由的渴望变成了一种对所有人，包括白人和黑人，都获得自由的渴望。曼德拉走出了种族主义，走向了人类主义。这是曼德拉在甘地、在马丁·路德·金非暴力精神上开出的花。

1990年2月10日，南非总统德克勒克宣布无条件释放曼德拉，在监狱中度过了27年的曼德拉终于重获自由。当曼德拉走出监狱时，他说"当我走出囚室迈向通往自由的监狱大门时，我已经清楚，自己若不能把痛苦与怨恨留在身后，那么其实我仍在狱中"。

"把痛苦与怨恨留在身后"，经过监狱生活的磨练，曼德拉深深明白，活在痛苦与怨恨中的南非人是没有前景的，如《耻》中参与强奸露茜的小孩，这样满怀仇恨的孩子长大后，南非何来光明？因此，放下仇恨，相信"爱在人类的心中比恨来得更自然"，南非才可能有未来。

爱，的确在人类心中比恨来得更自然。当曼德拉寻求民族解放时，作为殖民者后裔如今已是南非人的白人也在思考南非的命运。正如《耻》中所写，露茜深深地感到，白人在南非这片土地上，所要做的就是赎罪，为他们曾经所做的一切赎罪。只有这样，他们才能获得黑人的原谅，在南非这片土地上生活下去。南非白人总统德克勒克释放了黑人领袖曼德拉、宣布废止种族隔离制度、废除人口登录法、原住民土地法等法律，让南非种族主义统治的法律支柱随之崩塌。1994年，尽管德克勒克深知90%以上的非白人不会选举白人的，也许再过几十年都不会，但他还是履行了他对全体南非人民的划时代的伟大承诺，举行了不分种族的大选，曼德拉并因此当选为南非第一位黑人总统。这是人类历史上不可忘记的一笔。作为执政者的统治阶级自动放弃自己的权利，告诉了世界，尽管整体的文明难以改变，但个体的生命里包含着大爱，文化是可以改变的。眼下，欧洲文明正在接受凤凰涅槃，一个有爱的世界是可以憧憬的。爱，是人性的方向；爱，是人类存在的基石。

曼德拉接受了白人的赎罪，原谅了白人。在黑人与白人的共同努力下，有了南非"彩虹之国"的诞生。

六、人类主义

曼德拉逝世后，人们常会忆起他生前的话语。1964年，曼德拉被判终身监禁时，他说："我已经把我的一生奉献给了非洲人民的斗争，我为反对白人种族统治进行斗争，我也为反对黑人专制而斗争。我怀有一个建立民主和自由社会的美好理想，在这样的社会里，所有人都和睦相处，有着平等的机会。我希望为这一理想而活着，并去实现它。但如果需要的话，我也准备为它献出生命。"

曼德拉的一生正是为非洲人民（黑人与白人）的民主和自由而斗争的一生。回顾曼德拉95年的人生岁月，可看见，他的一生，在甘地，在马丁·路德·金非暴力革命精神的引领下，从一个反种族主义的斗士，最终走向了人类主义的大爱者。

在这里，为表述方便，笔者参照殖民主义、种族主义、国家主义等概念，提出人类主义。人类主义，绝不是人类中心主义。人类主义不是对地球殖民、对动植物殖民，而是公平、平等地对待天下所有的生命的一种伟大的人道主义理想。在这里，人类一词是生命价值观，是文化概念，是从理想主义角度表达，指称宇宙中的壮丽存在，包括所有美丽的动植物。人类主义，是对生命的信仰。人类主义，超越民族主义、种族主义、国家主义，是人类最终的生存家园。走出了黑皮肤局限的曼德拉，将人类主义作为施政的蓝图，让黑人与白人共同治理南非，共同在南非生活。

随着人类主义的到来，以种族的名义、以国家的名义划分领地的丛林法则必然结束，欧洲狩猎文化必然退出历史的舞台，欧洲狩猎文明的最后盛宴——美国模式终将在世界无法通行。尤其，以和为核心的中国和平崛起后，人类文明的格局将再次被改变。人类将不再以武力强弱对话，而在现有国家格局下，承担共同的政治、共同的命运。人类主义将使人类从战争、从厮杀、从仇恨中解放出来。

然而，眼下，人类还无法从种族、民族、国家等私利中走出。在美国，种族主义仍然限制着黑人的生存权、自由权及追求幸福的权利。马丁·路德·金领导的民权运动过去五十周年后，虽然非洲裔美国人生活水平也有所改善，但在收入、教育机会等方面仍有许多不平等之处。有数据显示，眼下美国白人中产阶级家庭的净资产是非洲裔美国人中产阶级家庭的6倍多，这一差距甚至大过上世纪60年代；虽然美国失业率会随着经济好坏而上下波动，但一直以来，非洲裔美国人的失业率总是白人的两倍；与白人相比，非洲裔美国人中的贫困小孩因缺乏教育机会而更不容易改变自身生活状况。美国专门研究民权运动史的历史学家大卫·加洛曾著书表示："如今的美国仍然是分裂的。"

而在南非，当最后一位白人总统德克勒克退位，黑人执政后，大肆削减政府部门中白人的数量，议会中的白人声音已经变得越来越小，军队和警察中的白人数量也逐年递减。白人并非心甘情愿地离开了那些岗位，而是无法再忍受来自黑人政权的排挤和歧视。现在，饱受歧视的不再是黑人而是白人。

随着1994年种族隔离解除后，南非经济迅速下滑，失业率迅速上升。南非白人过得越来越艰难。路透社的记者曾经采访了29岁的南非白人Lukas Gouws，他说：自己从小到大从没有欺压过那些黑人，自己也是一个穷苦的白人，但是没有办法。在黑人掌权后，自己也失去了公务员的位置，现在靠卖水果为生。但是，那些南非黑人却三天两头抢劫他，黑人警察也不管。

随着南非黑人的全面得势，另一个情况让人变得害怕。23岁的南非白人Durant说：自己虽然拿到了大学的计算机文凭，但是在南非黑人掌权下，失业率既然高达40%。他无法找到高科技工作，他也想要创业，但黑人掌握的银行资源不给白人贷款。更为可怕的是，由于自己的父亲曾经干过南非白人民兵，就是抓捕过南非黑人恐怖分子。他受到了很多南非黑人的威胁。有南非黑人甚至扬言要让他吃苦头。他多次受到过南非黑人的殴打。他想多挣点钱，然后离开这个该死的国家。

最为可怕的是，南非白人从种族隔离前的21%迅速下降到目前占全国的9%。大量的南非白人要离开这个国家。从医生、工程师、教授、会计、熟练的技术工人等等大量的技术岗位，大量的南非白人精英离开了这个国家。而这些国家的支柱岗位，目前南非黑人很难跟上。大量南非白人的离开，也让白人之间通婚更加困难。Anna Snyders是一个金发蓝眼的漂亮的南非白人姑娘。她的那些白人邻居，全部都搬走了。随后，大量南非的黑人住进了曾经的白人社区。她们家成了这个社区的唯一一个白人家庭。最后，她不得不嫁给了一个黑人。确切地说，她是被那个黑人给强奸的。小说《耻》中露茜的遭遇真实地上演。

部分南非白人甚至沦为贫民。约翰内斯堡近郊有座卫星城叫克鲁格斯多普，这里以斯德克方丹岩洞著称，珍藏着古人类生活佐证，被称为"人类文明摇篮"。然而，这里的"白人贫民窟"却震惊了世界。最初，只有不到10名无家可归的白人在此搭建帐篷生活。后来，随着越来越多的白人失业，贫民窟规模迅速扩大。目前，他们用"加冕公园村"来称呼所在地，共有村民255人。多数人没工作，靠打零工和路边乞讨为生。

自种族隔离制度被解除以来，南非出现过两次白人移民浪潮。一次发生在1994年前后，主要是一些前政府官员等担心黑人上台后"反攻倒算"；另一次发生在2003年前后，"黑人经济振兴法案"实施得如火如荼，大批有技术、高学历的白人或失业、或无法升职而选择移民。另一类白人既无特殊技能又没钱，没有能力离开南非，甚至最终无家可归。而一个国家的高科技行业，比如计算机、生物医药、航天科技、军事科技、纳米技术、工业制造等等，是目前的南非黑人难以胜任的。

如当年南非黑人的命运一样，如今，南非白人的命运让人哀叹。这样的局面，与曼德拉的愿望相去太远。

囚禁于种族、囚禁于民族、囚禁于国家，这是今天当下人类的状况。然而，当人类因种族、民族、国家等概念而仇恨，而厮杀时，大地一片呻吟，生灵一片涂炭。若坚持种族主义，美国或许分裂，南非或许分裂，分裂而又贫穷的国家，绝不是曼德拉所希望的。南非往何处去，世界往何处去，人类往何处去，曼德拉用自己的一生为人类留下了一份情深意重的嘱托——人类主义。

牢记曼德拉的遗嘱，唯此，世界、人类才有希望和未来！

沿着梦想这条精神的大河溯流而上

一、天边外

　　20世纪20年代，美国剧作家尤金·奥尼尔创作了戏剧《天边外》。戏剧描写了三个追逐梦想的人：罗伯特、露丝、安朱。罗伯特、安朱是兄弟。他俩与露丝青梅竹马。罗伯特、安朱、露丝都是农场主的后代。在日复一日的农场上，罗伯特觉得农场远方未知的天边外会有自己的幸福。他想搭乘舅舅的船去遥远的地方，去寻找梦中的生活。然而，在他出发前，露丝却向他表白了自己的爱意。露丝没有多少文化，但她通过罗伯特的描绘，能感知到罗伯特所追求的是一种高于现实的生活，她也为这种生活而心动。她愿和罗伯特一同建设那种有梦的生活。露丝的表白，让罗伯特激动不已。他认为爱情就是自己所要寻找的幸福。如今，他已得到了爱情，无需再去天边。他决定留下，留在农场上。安朱也爱着露丝。为了不影响罗伯特和露丝的生活，安朱决定代替弟弟跟随舅舅乘船去远方。乘舅舅的船，安朱到了世界各地。他渐渐喜欢上了不同于农庄的生活。勤劳的安朱开始做冒险的投机生意，并因此发了财。在农场上，罗伯特不善经营，农场的状况每况愈下。窘困的生活让罗伯特和露丝的爱情遭受考验。最终，罗伯特和露丝的爱情在现实中失败。安朱的粮食投机生意也失败了。然而，不容人主宰的现实并没有熄灭罗伯特对梦想的追求之心。剧终时，罗伯特领悟了天边外的秘密在于牺牲，他眺望着远方的日出倒在了大路边的沟里。

《天边外》讲述了人类的梦想与现实之搏。罗伯特的命运是人类永不停歇的追逐梦想的宿命。自有人类以来，人类即追逐着梦想。对梦想的追求，对既定现实的不满足，让人类一次次超越自己，从古代走向现代，并走向未来。

梦想，是人类，是民族前进的驱动力。因此，2012年11月29日，中央领导集体走进国家博物馆，参观《复兴之路》展览。参观过程中，中共中央总书记、中央军委主席习近平发表了重要讲话。阐述了引发广泛共鸣的"中国梦"话题。"中国梦"是中华民族的梦想。深刻理解梦想的内涵，有助于实现中华民族在中华大地上的又一次腾飞。

二、梦之源

中国梦不是无源之水，无本之木。历来，中华民族就是一个造梦者、追梦者。

上古时期，蒙昧初开。一个叫夸父的巨人，他不明白为什么太阳始终在人的前面，于是前去追赶太阳，想捉住它。夸父翻过一座座山，蹚过一条条河，一直追着太阳跑，眼看着离太阳越来越近，他的信心越来越强。终于，夸父在太阳落山的地方追上了太阳。一团红亮的火球就在夸父眼前，万道金光沐浴在他身上。夸父无比欢欣地张开双臂，想把太阳抱住。可是太阳炽热异常，夸父感到又渴又累。他跑到黄河边，一口气喝干了黄河水，他又跑到渭河边，把渭河水也喝光了，但是仍不解渴。夸父又向北跑去，那里有纵横千里的大泽，大泽里的水足够夸父解渴。但是夸父还没有跑到大泽，就在半路上渴死了。夸父临死的时候，心里充满了遗憾，他牵挂着自己的族人，于是将自己手中的木杖扔出去。木杖落地的地方，顿时生出一片郁郁葱葱的桃林。这片桃林终年茂盛，为往来的过客遮荫，结的鲜桃给人们解渴，让人们能够消除疲劳，精力充沛地踏上旅程。

充满浪漫主义、英雄主义的上古神话《夸父逐日》，是中华民族的精神源流之一。在中国的许多古书中，都记载了夸父逐日的相关传说，有的地方还将大山叫做"夸父山"，以纪念夸父。夸父追逐梦想的大无畏以及关怀人类的大悲情，源远流长在中华民族的血液里。后人有的将太阳理解成时间，有的理解为终极目标，以各自不同的理解，去认识世界，去实现自己美好的追求。夸父，成为中华民族在大地上坚实存在的象征。

上古神话《嫦娥奔月》是中华民族追逐梦想的又一典型故事。远古，天上曾有十个太阳，晒得大地冒烟，海水干枯，老百姓苦得活不下去。有个叫羿的英雄力大无比，他用宝弓神箭，一口气射下九个太阳。最后那个太阳连忙认罪求饶，羿才息怒收弓，命令这个太阳今后按时起落，好好为老百姓造福。羿的妻子名叫嫦娥，美丽贤惠。一个老道人十分钦佩羿的神力和为人，赠他一包长生不老药，吃了可以升天，长生不老。羿舍不得心爱的妻子和乡亲，不愿自己一人升天，就把长生不老药交给嫦娥收藏起来。羿有个徒弟叫逢蒙，一心想偷吃长生不老药，好自己升天成仙。这一年的八月十五，羿带着徒弟们出门打猎去了。天近傍晚，找借口未去打猎的逢蒙闯进嫦娥的住所，威逼嫦娥交出可以升天的长生不老药。嫦娥迫不得已，仓促间把药全部吞下肚里。马上，她便身轻如燕，飘出窗口，直上云霄。由于嫦娥深爱自己的丈夫，最后她就在离地球最近的月亮上停了下来。听到消息，羿心如刀绞，拼命朝月亮追去。可是，他进月亮也进，他退月亮也退，永远也追不上。羿思念嫦娥，只能望着月亮出神。此时月亮也格外圆格外亮，就像心爱的妻子在望着自己。第二年八月十五晚上，嫦娥走出月宫，默默地遥望下界，思念丈夫和乡亲们。羿和乡亲们都在月光下祭月，寄托对嫦娥的思念。

从此，嫦娥奔月的故事，代代相传，世世相袭。人们不仅将祭拜嫦娥的日子，定为中秋节，还用不同手段演绎故事。戏剧、小说、诗词、电影等艺术里都可找到嫦娥奔月的影像。嫦娥奔月映照了追逐梦想的中华民族对现世人间的不满足、对彼岸世界的向往、对永生的渴望以及对灵魂的渴求。月亮是与大地相对应的彼岸；长生不老药是永生的途径；服下长生不老药后身轻如燕的嫦娥摆脱了肉体的局限，成为纯粹的灵魂；最终停留月宫的嫦娥，则是灵魂进入了彼岸世界，获得了永生。嫦娥是中华民族关于灵魂的梦想的精灵。

夸父逐日与嫦娥奔月，分别代表了中华民族形而下与形而上的梦想。五千年来，中华民族正是沿着夸父与嫦娥的足迹，建设自己的家园以及心灵。

上古神话告诉我们，中华民族自诞生以来，"梦想"就流淌在每个人的血液里。梦想，并不只为今时、今日所有。中华民族每个人的血管里都有祖先追梦的声音。因此，"中国梦"必须回到中华民族的梦之源，方能正其本。

三、梦之流

"梦想"，有梦中怀想、空想及理想之意。在"梦想"一词的身上，更多寄托着人在大地上如何诗意地栖居的理想。千百年来，中华民族怀揣"人在大地上诗意地栖居"的梦想，从形而上与形而下，在不同历史阶段进行探索，三次"春秋战国"时期具有典型意义。

第一次"春秋战国"时期，为公元前770年至公元前221年，诸侯争霸，生灵涂炭，为救民于水火之中，孔子首次悟到"人即梦"，即"人者仁也，仁者爱人"。"人在大地上诗意地栖居"的前提条件，是对人的定义。迄今，人类从生物学、文化人类学、社会学等角度对人进行定义，将人定义为："人科人属人种，是一种高级动物"、"能够使用语言、具有复杂的社会组织与科技发展的生物，尤其是能够建立团体与机构来达到互相支持与协助的目的"、"介于天使与魔鬼之间的两足动物"等等。然而，科学理性的生物学、文化人类学、社会学对人的定义，皆是有局限的，皆不能让人充分憧憬未来，皆不能给出人在大地上诗意地栖居的必然理由。人，如果是动物（不管是高级动物，还是介于天使与魔鬼之间的两足动物），那么，战争、厮杀就是道法自然的，"止戈"就没有必要，也不符合道。然而，通过上古神话夸父逐日、嫦娥奔月，孔子看到人具有强大的追逐梦想的力量，那是除人以外的动物所不具有的。因此，人的本质在于梦。梦想让人类走向远方，让人类脱离动物性，让人类憧憬未来，因此，孔子第一次对人做出定义（也是中华文明第一次定性人），"人者仁也，仁者爱人"。爱就是梦，爱如梦只能憧憬、领悟，不能实用。以爱定义人，是孔子对人给出的非科学意义的但可以让人去领悟、去憧憬的定性，这个定义给人赋予了如梦一样的无限的未来。这是儒家文化的伟大意义，也是儒家文化能在中华大地深深扎根的根本原因。继孔子后的孟子，以"义"对"仁"进行补充。"生，亦我所欲也，义，亦我所欲也，二者不可得兼，舍生而取义者也。"孟子在《鱼我所欲也》中对何为人做了进一步阐释，"舍生取义"不仅让人脱离动物性还赋予了人神性，让人成为天地间壮丽的存在，这也是对神话"夸父逐日"的深刻理解。

孔子以"仁者爱人"为基础，构想了理想社会的图景。《礼记·礼运》："大道之行也，天下为公。选贤与能，讲信修睦，故人不独亲其亲，不独子其子，使老有所终，壮有所用，幼有所长……是故谋闭而不兴，盗窃乱贼而不作，故外户而不闭，是谓大同。"从此，"天下为公"的美好蓝图，成为中华民族的奋斗方向。这可以说是中华民族最早的"中国梦"，也是"中国梦"的总纲。

与孔子同时代的另一位大思想家——老子，从道出发，对宇宙、对人给出解释。老子认为，因人来自于道，"人法地，地法天，天法道，道法自然"，故而，主张无为而治。虽然，老子没有将人与动物从根本上区分开，但老子从道、从宇宙的至高真理出发，对人的理想生活状况做了描绘，那就是"解形体之束缚、脱性情之裏挟"，即"自由"以及"贵己贱物则背自然，贵人贱己则违本性，等物齐观，物我一体"的"平等观"。对自由的渴求，是人的生活的最高渴求之一，欧洲著名诗句"生命诚可贵，爱情价更高；若为自由故，二者皆可抛"，深刻地道出了人类心灵深处对自由的诉求之声。老子之后的庄子将对自由的渴求推向极致："北冥有鱼，其名为鲲。鲲之大，不知其几千里也；化而为鸟，其名为鹏。鹏之背，不知其几千里也；怒而飞，其翼若垂天之云。……"《逍遥游》是中华民族迄今为止对自由的最高描绘，也是对神话《嫦娥奔月》的最佳阐释，这让道家得以在中华大地源远流长。

老子由"道法自然"出发，也构想了理想社会的图景，"邻国相望，鸡犬之声相闻，民至老死不相往来"。小国寡民，虽然便于治理，但终究与中华民族的实情不符，故而，终究没有成为中华民族整体的梦想，没有成为"中国梦"。

沿孔孟、老庄构建的"中国梦"，中华民族走过了千百年时间，直到又一轮"春秋战国"即魏晋南北朝时期，中华民族再次怀揣梦想，对何为人以及何为人的理想生活进行思考和假设。

魏晋南北朝时期，北方少数民族与中原地区在长期混战中，让文化与血脉又一次大融合，那是中华民族历史上的一次壮举。此时，佛教传入中原，为中华文明注入新鲜血液，也为中华民族的梦想注入新的内容。

不得不说的一位佛教学者是竺道生。竺道生，东晋佛教学者，鸠摩罗什的著名门徒之一。道生跟随鸠摩罗什游学多年，研思空有因果的深旨，建立了"善不受报"、"顿悟成佛"的理论，然而却引来拘守文字表象者的嫉妒与排斥，认为他的学说是"珍怪之辞"，尤其当他提出"人皆有佛性"后，更不被所容。

东晋安帝义熙十四年（公元418年），佛教界在建康译出法显所带回的六卷《泥洹经》，经文中多处宣说一切众生都有佛性，将来都有成佛的可能，唯独"一阐提"人是例外的。一阐提，就是断绝善根的极恶众生，没有成佛的菩提种子，就像植物种子已经干焦一样，"虽复时雨百千万劫，不能令生，一阐提辈亦复如是"。道生对于这种说法不满意。他仔细分析经文，探讨幽微的妙法，认为一阐提固然极恶，但也是众生，并非草木瓦石，因此主张"一阐提皆得成佛"。这种说法，在当时可谓闻所未闻，全是道生的孤明先发，引起当时拘泥经文的旧学大众的摈斥，一致认为他违背佛经原旨，邪说惑众，而把他逐出僧团。孤掌难鸣的道生，在大众的交相指摘下，黯然离开建康，来到虎丘山。宋文帝元嘉七年（公元430年），大本《涅槃经》在凉州译出，其说得到证实，于是竺道生在庐山宣讲此经。

考究佛教在中华大地扎根的原因，是今天构想"中国梦"不可或缺的重要环节。虽然，孟子说过"人皆可成尧舜"，似乎给出了人的终极目标——成尧舜，然而，孟子的尧舜没有建立在每个鲜活的个体生命之上，每个鲜活的个体生命有着"生、老、病、死"的痛苦和绝望；孔子以"不知生，焉知死"斩断了对死亡的探索，也斩断了对灵魂的探索，故成尧舜是假性的人生。佛教以众生共同的体验"生、老、病、死"为基点，探究生与死的意义，探究灵魂的去处，这是儒家文化的缺失，但却是真性的人生，故而，佛教在动荡的魏晋南北朝扎下根基。考究这段历史，可以看到，抽空了个体生命灵魂只注重中华经济复兴的"中国梦"最终将是"黄粱一梦"。正如"成尧舜"在中国五千年终究没有成为每个人的奋斗目标。

只有与每个个体生命灵魂相关的梦想，才可能汇聚成勃勃生机的整个文明的梦想。正如，竺道生以"人皆可成佛"，给予每个生命（即使是断绝善根的极恶众生）以希望，给予每个灵魂以出处，从而，让禅宗成为中国文化的重要元素。成佛，意味着生命的自由，意味着生命的大自在，意味着生命跳脱"生、老、病、死"的束缚，意味着生命获得真性的意义，这是每个生命都能憧憬并能践行的，这也是嫦娥奔月的梦想在每个生命身上得到落实。竺道生的顿悟成佛之说，在南北朝初期曾风行一时。成佛，成为中华民族成尧舜、成仙之后的又一人生梦想。这一梦想，将中华民族对形而上的追求在封建时代推向了最高。

佛教对个体生命灵魂的尊重，催发生命的自我觉醒，魏晋南北朝时期的鲍敬言为中华民族的梦想增添了靓丽一笔。两晋之际鲍敬言的"无君"论，是中华儿女自我觉醒、个性解放史上最缺乏、也最值得珍视的思想。《抱朴子·诘鲍篇》中引述了鲍敬言的一些观点。鲍敬言认为，天地万物，"各附所安，本无尊卑也"。所谓"天生烝民而树之君"，"岂其皇天谆谆言，亦将欲之者为辞哉！"鲍敬言大胆断言，君王不过是"强者凌弱"、"智者诈愚"之作。鲍敬言描绘了自己的理想社会："身无在公之役，家无输调之费，安土乐业，顺天分地。内足衣食之用，外无势利之争。"
"纯白在胸，机心不生。""无君无臣，……日出而作，日入而息。
泛然不系，恢乐自得。……万物玄同，相忘于道。"鲍敬言的理
想社会，诚然有空想、复古的性质，然其对个性解放的憧憬，亦
跃然纸上，是晋人自我觉醒的另一种思想表现。

自我觉醒，不以心为形役的独立个性，在陶渊明身上得到充
分体现。《归园田居》："少无适俗韵，性本爱丘山。误落尘网中，
一去三十年。羁鸟恋旧林，池鱼思故渊。开荒南野际，守拙归园
田。……久在樊笼里，复得返自然。"显示了陶渊明洁身自好，
不求进于诸侯之崇高气节。儒、释、道共同塑造了陶渊明悠然自
得而又怀揣一团永远燃烧着的火种的独立个性，"猛志逸四海，
骞翮思远翥"（《杂诗》），其志之高远，超越四海；但又因不获
实现而终夜难眠。独立个性，让陶渊明写下了在人间可以向往的
诗意生活的绝篇 《桃花源记》"……阡陌交通，鸡犬相闻。……问
今是何世，乃不知有汉，无论魏晋。……"

可以这样说，透着诗性之美的《桃花源记》是孔子的"大同
世界"、也是佛教的"香巴拉"；《桃花源记》是诗性的大同世界，
是诗性的香巴拉；《桃花源记》是古典文化人间之梦的极致。

第三次"春秋战国"时期为清末民初。公元1899—1919年，
中华民族又一次经历了浴火重生。当英国人用坚船利炮打开了中
国的国门后，中国人第一次被迫睁眼看世界，被迫学习西方，被
迫改变自己千年的文明。如何凤凰涅槃，大梦想者康有为提出了
"虚君立宪"和"大同人间"。

康有为主张以"人君与千百万万国民合为一体"的君主立宪
制度代替封建制。他的君主立宪主张，以进化论理论为基础，提
出了新三世说，从根本上否定封建制度，论证资产阶级取代封建
地主阶级是历史的必然，是社会发展的趋势。这一学说震动了当

时的中国社会，正如其弟子梁启超所说，是"思想界之一大飓风"，尤如"火山大喷火"一样，使封建统治者感到极度恐慌。通过与旧阶级的论战，资产阶级的政治思想与封建思想第一次进行了正面的激烈交锋，君主专制受到了严重动摇，再也无法维持原来的权威性。越来越多的人接受了新的思想学说，赞成和同情变法，为清王朝暨中国两千年封建专制的结束吹响了号角。

以君主立宪为基础，康有为构想，未来的世界重视生产、重视教育、男女平等、婚姻自主、无国家、无君主、无政党、无军队等等。康有为杂糅公羊三世说、《礼运》中的大同小康说、佛教的慈悲平等说、卢梭的天赋人权说和基督教的平等博爱自由说，加上欧洲社会主义学说，将儒家的理想社会"大同"，第一次进行系统论述，并以之名书，构想出了一个"大同之世"，规划了中国走向现代后的宏伟蓝图。"太平世以开人智为主，最重学校。自慈幼院之教至小学、中学、大学，人人皆自幼而学，人人皆学至二十岁，人人皆无家累，人人皆无恶习，图书器物既备，语言文字同一，日力既省，养生又备，道德一而教化同，其学人之进化过今不止千万倍矣。"（《大同书》）

继康有为后，孙中山对天下大同进一步阐释，提出三民主义："曰民族，曰民权，曰民生……今者中国以千年专制之毒而不解，异种残之，外邦逼之，民族主义、民权主义，殆不可以须臾缓。而民生主义，欧美所虑积重难返者，中国独受病未深，而去之易。"他认为只要将三民主义"灌输于人心，而化为常识"，"天下为公"的大同世界就可以实现。孙中山将毕生心血献给了"天下为公"的梦想。

经康有为、孙中山的注释，大同世界不再仅是概念，开始变得具体并可以操作。康有为、孙中山对未来的梦想已经部分融入当下生活，如无君主、男女平等、公共教育等。

陈独秀、毛泽东、邓小平等共产党人继续着大同世界的梦想。

四、梦之声

梳理古典文化，可看到，具有五千年历史的中华民族梦想的起点并不是当下，也不是鸦片战争，而是上古神话，那是"中国梦"的原点。对此忽视，"中国梦"将是无本之木，无法在人心里开花。

梳理"中国梦"的源流，还可看到，梦想最终以落实到个体。孔子、老子、孟子、庄子、竺道生、鲍敬言、陶渊明、康有为、孙中山……一个个具体的人，一个个大梦想者，构成了"中国梦"的河流，构成了中华民族的精神史诗。所以，梦想应具有鲜明的个体差异。

1912年，清帝溥仪退位，清朝灭亡，一个旧的时代结束。1949年，中华人民共和国成立，一个新的时代开始。随着毛泽东在天安门城楼宣布，"中国人民站起来了"，中国开启了人人当家作主的无君的新纪元。数千年来，儒、释、道共同追求的理想人间终于实现。中国人，终于可以做属于自己的梦，终于可以在大地上一砖一瓦地建设大同世界。

然而，毛泽东时代，中国人的梦想仍然是自上而下、整齐划一的，如"超英赶美"、"农业学大寨"等，都是集体的梦、国家的梦。1978年，十一届三中全会召开，邓小平以经济建设为中心，第一次将梦想落实到个体。包产到户、允许多种经济形式存在，国人终于从集体、从整齐划一中解放出来，个人的梦想在中华大地如星火燎原。

随着个人梦想的激发，1980年12月，安徽芜湖的个体户年广久注册了"傻子瓜子"商标。随着这一品牌的打响，年广久的生意越做越大，被称为"中国第一商贩"。温州青年王均瑶"胆大包天"，成为私人包机第一人；农民企业家陈金义一举收购了上海 6 家国有商店，成为改革大潮中第一位收购国有企业的民营企业家；万向钱潮股票上市，成为中国首家上市的乡镇企业，民营企业走向资本市场的大戏也由此拉开……如今，抓住国际机遇走出国门，去境外投资已经成了越来越多民营企业的共识。"万向"并购美国舍勒公司抢占技术优势，使其产品一夜之间融入美国市场；"华立"在泰国罗勇建工业园区；"康奈"将工厂"搬"到了俄罗斯乌苏里斯克；新洲集团把目光瞄准了俄罗斯的森林和石油资源……

随着中国民营企业一步步从"作坊时代"向"跨国时代"蝶变，国民经济得到飞速发展，国人的梦想也在各个领域得以展现，在普通大众意义上，如体育明星刘翔、姚明、孙杨等，电影明星巩俐、赵薇、范冰冰等，著名作家莫言、苏童、余华等，著名航天员杨利伟、聂海胜、费俊龙等……五千多年来，第一次国人的个性得到如此充分地释放。

可以说，今天，是中国人真正做属于自己的梦的时代。

五、谁做梦

梦，意味着自由，意味着超越现实处境，意味着远方，如逐日的夸父、奔月的嫦娥，正如此，封建专制下，君王害怕百姓拥有梦想，故而用种种手段如"文字狱"、"三纲五常"、"八股文"等遏制百姓梦想的萌芽。这是封建专制下，君与民、统治与被统治对立的必然结果。

1949 年，一种全新的政治制度在中华大地生根——社会主义打破了两千年的轮回，没有君，也没有民；没有统治，也没有被

统治。此种制度下，党与民原是一体；此种制度下，理应人人有
梦想。

需要认识的一个问题是：中国共产党是什么？中国共产党是
代表工人阶级领导工农联盟和统一战线，在中国内地实行人民民
主专政的中华人民共和国唯一执政党。因此，共产党既不姓刘，
也不姓李，也不姓朱；共产党领导的天下既不是刘家的天下，也
不是李家的天下，也不是朱家的天下。家天下已经画上了句号。

故而，中国共产党既可以姓刘，也可以姓李，也可以姓孙，
还可以姓百家姓。共产党只是一个称谓，只是一个代表全体公民
行使国家和政府职能的合法理由。共产党人是谁？共产党人是
你，是我，也是他。共产党人是每一个公民。

因此，每个公民的梦想最终汇聚成中国共产党的梦想、汇聚
成中华民族的梦想。因此，应允许并鼓励每个公民拥有自己个体
的梦想。

六、中国梦的内核

梦想，含有理想和信仰的成分，含有为梦想的实现去牺牲的
壮丽，如逐日的夸父终究倒在了路上，奔月的嫦娥始终忍受广寒
宫的寂冷，梦想需要个体生命去担当。

"先天下之忧而忧，后天下之乐而乐"、"我不入地狱，谁入
地狱"、"上善若水。水善利万物而不争"，五千年来，儒、释、
道均对个体生命如何担当给予了回答。然而，这些回答均是比喻
句。当中国从大一统的农业社会进入分工细致的现代社会后，
儒、释、道对生命担当的回答都显得混沌——民主，是现代社会
个体生命担当必需的途径。

民主一词，在中国古典文化里，是"为民做主"之意。"五四"

时期，民主（德先生）与科学（赛先生）传入中华大地，国人开始了解全新的民主：由人民做主。回顾"民主"的历程，可看到从雅典，到英国，到美国，与民主相伴随的是公民的责、权、利。只有公民责、权、利清晰时，才可能真正人民做主。

公民的责、权、利，是现代文明的产物。封建专制下，老百姓没有属于自己的权利，也没有属于自己的责任。1919年，德先生来到中国，然而，在半封建半殖民的中华大地，"图存救亡"是首要任务，也就是习主席讲到的中华复兴是当时中华民族压倒一切的第一要务，因此，德先生在中国并没有得到进一步地启蒙。1949年到改革开放前，经历了"大跃进"、"文革"的中国人，也没有得到德先生的实质性启蒙。因此，德先生对于绝大多数中国人，还是一副陌生的面孔。故而，"民主"变成一个敏感词，似乎与无政府主义挂钩。忘记了，民主的本来意义是责、权、利。

今天，我们在经济上已经进入现代文明社会，然而，对公民责、权、利的启蒙却远远滞后于经济。

正是因为不知责任、权利为何物，没有责、权、利的意识，有的公民才会表现出对法律的无知，如山东潍坊用神农丹种毒生姜的农民；正因为没有责、权、利的意识，有的公民才会表现出对生命的麻木，如因土地流转、房屋拆迁、移民、夫妻感情……等自杀的农民。面对社会问题、家庭问题，为数不少的农民，不知道该找谁解决，不知道哪些是政府的责任，哪些是自己的责任，哪些是自己的权利，唯有一死了之。如此惨景，何谈"中国梦"的远大前程？

现代社会的重要标志之一就是公民的责、权、利，就是民主。鸦片战争，表面看，英国人用坚船利炮战胜了清王朝；实则是，现代文明对传统文明的胜利。清王朝的失败，标志着中国传统文明的失败。因此，当中国经济进入现代后，仍旧用传统的简单手段应对现代错综复杂的关系显然捉襟见肘。

现代社会，没有君主为民做主，每个生命都是大写的人，每个生命都需要担当。然而，因对公民责、权、利启蒙的滞后，不少公民没有承担责任的习惯、没有明确法律权限的习惯、没有捍卫合法利益的习惯，沿袭了皇权专制下对权力以及利益崇拜的习性，在现实生活中表现为：私欲的无限膨胀。如层出不穷的贪污腐败，花样翻新的地沟油、毒生姜、毒血旺等食品安全生产事故，情节雷同的过马路闯红灯、撞了人赶快跑、意气之下犯规章等交通安全事件……如此，怎么建设"中国梦"的大厦？

历史不可逆转的趋势是，中国进入了现代。历史不可逆转的趋势是，世界进入现代后，还将往前。因此，立志承担天下、以世界大同为梦想的中国人，学习责、权、利是无法绕过的道路。

现代社会的一个重要特征是信息共享。上情下达、下情上达，信息对称，公民才可能拥有充分知情权，才可能知道哪些是自己的责任、哪些是自己的权力、哪些是自己的利益，才可能真正将基本权利"知情权、表达权、参与权、监督权"落到实处，才可能实现大写的人，才可能成为有梦想的人。

所以，民主，是中国梦的内核。而最终，民主的实现以信息的公开、透明为基础。

七、尾声

没有梦想的民族是没有未来的民族。

中国梦，应在国家复兴的背景下，呈现出丰富多彩的个体的梦。没有国，就没有家；同样，没有家，也就没有国。就如，万千雨滴汇成大海。中国梦是大海，个体的梦是雨滴。雨滴越多，海水越深。没有雨水注入，大海终将变成枯海。中国梦，应是国家的梦与个体人的梦良性互动。如此，雨水有了去处，大海有了源头，大地生机勃勃。最终，当形而上的梦想与形而下的梦想完美结合时，大同世界就会得以实现。

终究，个体的梦想是国家梦想的源头。而民主是撑起个体梦想的脊柱。所以，民主启蒙才可能撑起整个中国梦。

以真性的历史唯物主义解读历史

——读黄仁宇系列专著随笔

一、兴亡谁人定

"兴亡谁人定，盛衰皆无凭。"万历十五年，即公元1587年，明神宗朱翊钧在位，大明朝经历了嘉靖年间的戚继光抗日，打败倭寇，树了国威，外表光鲜。万历年间，明神宗继续抗日。万历二十年、二十五年，明朝军队在朝鲜彻底打败日本军队，明神宗册封丰臣秀吉为日本国王（诸侯有国）。外看，日本已臣服于中国。中国，来自海外的威胁已解除。中国只需处理好与周边游牧民族如蒙古族、藏族的关系，即可江山永固。然而，谁人知，中华民族最大的对手，已在孕育之中，且非周边游牧民族，而来自包括日本在内的海外。终至清末，海外的坚船利炮造成了中国百年的民不聊生、国破家亡。

兴亡谁人定？兴亡有人定吗？兴亡可以定吗？对一个生于乱世，经历了滇缅远征，经历了国共内战的军人来说，太渴望兴亡可以定，天下可以安。

然而，兴亡如何定？以人的力量可以定兴亡吗？五千年来，中华民族的命运始终在朝代的更替中轮回，是否有一条轮回之外的路留给中华民族？黄仁宇先生以"究天人之际，通古今之变"之大无畏精神，通五千年历史，钩沉史海，辟一条以人的力量可以左右的道路，辟一条兴亡可以定的道路。

黄仁宇先生的研究基础是历史唯物主义。对于历史，唐太宗"以史为鉴，可以知兴衰"代表了中国人的态度。历史对于中国人，最大的意义在于一面镜子。怎样解读历史，由镜外人决定。因此，镜子里映照出的也许是哈哈镜的效果。在中国人的视野里，历史没有规律，历史没有法则，历史没有客观。对于历史，仅有司马迁提出"究天人之际，通古今之变"。在司马迁的眼里，历史是有变化规律的。司马迁用毕生之力，意图寻找古今之变之路。然而，因时代的局限，他不能实现自己的愿望。除司马迁之外，历史都逃脱不了唯心的命运，都逃脱不了"服务"的命运。为统治阶级服务，为王朝服务，是历史的最大功能。宏大的《资治通鉴》，鲜明地体现了其"为尊者正"的出发点。

从唯心出发，历史是一团迷雾。面对过去，面对未来，我们无力把握，只能听凭天命，因而"盛衰皆无凭"。

历史是有迹可循的。近代，在科学的帮助下，历史在欧洲掀开了唯物的新篇章。马克思提出"经济基础决定上层建筑"，为历史学的研究打开了一扇历史唯物主义的大门。然而，长期以来，受神秘主义以及为统治阶级服务的影响，国人看待历史，难以摆脱唯心的出发点。清末后，在坚船利炮的逼迫下，不少仁人志士试图摆脱轮回的命运，试图破译中国历史的密码。如梁启超、黄炎培、柏杨等人。可是，距离中国历史的真相，他们始终差一步。

中国历史的真相是什么？中华文明的未来在哪里？怎样以真性的历史唯物主义研究历史？黄仁宇先生在英国近代生物化学家和科学技术史专家李约瑟博士的帮助下，以历史唯物主义为出发点，以大历史眼光为钥匙，打开了中国历史真相的大门。

二、《万历十五年》与不解的皇权

黄仁宇首先将眼光投向了万历十五年。万历十五年，是黄仁宇进入中国历史长河的切入点。之所以选择这一年，是因为，在这一年，中国开始走向衰败，西方开始崛起，东西方文明的格局在此转向。为什么，五千年的文明会在万历十五年后一败涂地，这是黄仁宇先生思考中国历史的切入点。

走进万历十五年，会发现一个有趣的现象——皇帝怠政。万历皇帝朱翊钧是一个神秘的人物。至今，三十年不理政，躲在深深后宫里的万历的行为，值得人们遐想。这样的皇帝，在中国历史上是独一无二的。

为什么，皇帝会怠政？懒惰？愚蠢？都不是。万历从小接受严格教育，熟读孔孟之书，早期勤于政事，创下了一番功业，后期则无心政事，躲在深宫里。为何万历前勤后惰？"几乎很少人理解的乃是他最深沉的苦闷尚在无情的礼仪之外。皇位是一种社会制度，他朱翊钧却是一个有血有肉的个人。一登皇位，他的全部言行都要符合道德的规范，但是道德规范的解释却分属于文官。他不被允许能和官僚一样，在阳之外另外存在着阴。他之被拘束是无限的，任何个性的表露都有可能被指责为逾越道德规范。"原来，万历前勤后惰的原因，在于聪明的他看透了，皇帝的实质——一个被众人所需要的祭品。他还看透了官僚的本来面目——在道德掩盖下的利益之争。"申时行（万历的首辅大臣之一）始料未及的，就是万历皇帝比他申先生又更高一手，已经看透了这种斗争的真情实相，知道自己生气都属无效，莫若用'无为'的办法，对付所有的纠缠，因之消极也越来越彻底了。"敏感的万历，已经触及到了封建皇权的核心。作为一个被各种利益所需要的皇帝，其存在价值似乎就是平衡各种利益，那么，这样的皇帝，有多少属于自己的快乐呢？万历的苦闷远远超过了他的时代。他需等到黄仁宇先生，才能解开胸中块垒。万历越来越不能在朝堂上找到意义，索性舍去朝堂，躲进了后宫，躲进了祖宗的梦乡里。

万历的悲剧人生，充分暴露了两千年中华帝国，政治体制的弊端。

两千年的封建社会，在政治体制上，由三部分组成，最顶端，是皇帝；中间部分，是官僚；底层，是老百姓。明朝，尤为体现这种设置。明朝，以仙鹤、鹌鹑、獬豸等等标志组成了官僚体系。带有宗教色彩的皇帝端坐在宝座上。"其神秘之处，就在于可以使不合理的处置合理化。换言之，皇帝的处置纵然不能事事合理，但只要百官都能俯首虚心地接受，则不合理也就成为合理。"皇帝和官僚之外，就是农、工、商集合成的老百姓。明朝的政治体制，从外形上看，眼花缭乱，实则简单明了。在这样的设置之下，皇帝是什么？皇帝与大臣的关系是什么？皇帝与百姓的关系是什么？大臣与百姓的关系又是什么？

从朱翊钧的命运，可看到，皇帝，是一个集个人、政治、宗教为一体的产物。纵观两千年历史，将个人、政治、宗教三者达到平衡的皇帝，屈指可数。秦始皇、汉武帝、唐太宗、康熙，可谓将皇帝做到了极致，个人的欲望与帝国的政治要求与民间的宗教欲，达到了有机结合。不少皇帝，总会在个人的个性与帝国的政治诉求与民间的宗教欲中发生冲突。典型的，如后期的唐玄宗、宋徽宗、后期的乾隆等，还比如万历的叔伯爷爷正德皇帝。"正德自称威武大将军，企图把皇帝和作为一个富于活力的年轻人的自己分为两事。"将皇帝自封为将军的，在中国历史上，恐仅正德一人。万历与其叔伯爷爷，都创下了中国历史上的皇帝之最。

皇帝，是封建体制的最顶端。当皇帝的个人欲望与帝国的政治诉求与民间的宗教欲发生冲突时，帝国就会处于风雨飘摇中。这时，官僚集团、百姓与皇帝就会形成张力。本质上，官僚集团并不隶属于皇帝。家天下的设计里，官僚没有国家的概念，他们是自成一体的，与皇帝利益、与百姓利益，更多时候是冲突的，他们要的是自己利益的最大化。老百姓与皇帝，更多时候利益一致，且百姓处于主动位置，"水可载舟，亦可覆舟"体现了百姓与皇帝的关系，百姓是水，是主动的；皇帝是舟，是被动的，服务的。当皇帝的欲望超过百姓的承载时，百姓就会在天命的旗帜下，革命出新的君。

明朝，为了尽量让皇帝、官僚、百姓达到平衡，加大了文官的权力，限制了皇帝的权力，同时，加强对官僚的监督，对百姓的管控（如不准出海）。明朝，在体制设置上，环环相扣，尽量力量均衡。明朝，可谓将封建的张力绷到了极致。中国的封建体制，实则在明朝已走到了尽头。清朝的无能为力是历史的自然而然。

随着明朝对皇帝权力的限制，皇帝拥有的无边的权力逐渐缩小。皇帝是什么，越来越成为问题。然而，如果走不出封建社会，中国摆脱不了皇帝在个人与政治与宗教之间挣扎所带来的痛。如清朝的顺治。

万历皇帝的悲剧，是中国封建体制的必然。《万历十五年》，以一个皇帝的命运，揭开了中国历史的真相之一：不解的皇权。

三、《赫逊河畔谈中国历史》与中国政治制度

皇帝，处于金字塔顶端，揭秘其本质意义，是破解封建体制的关键。身兼三职的皇帝的诞生，缘于中国独特的政治基础。中

央集权，是产生皇帝的必然要求。"因为人口增加，农业技术之进步，所以即使是春秋时代，各小国在黄河附近筑堤也已经妨碍了彼此的安全。……足见光是治水一事，中国之中央集权，已无法避免。季候风与农业的关系，也促使中国在公元前趋向统一。中国在公元之前统一，而且自嬴政之后，以统一为正轨，实有天候和地理的力量支撑着。"在《赫逊河畔谈中国历史》中，黄仁宇先生从人的生存基础出发，揭示了中国中央集权的必然条件：治水与季风。天候与地理，都决定了中华民族只有中央集权才能活下去。"分久必合，合久必分"实则讲的是合。"因治水与救荒，中国即须组织大帝国对付，武帝本纪内也常有忧水患忧灾荒的叙述。而北方绵亘两千多里的国防线与'15英寸雨量线'吻合。线之西北，经年雨量不及15英寸，无法经营农业，只是游牧民族出入之处，这威胁也强迫中国统一对付。……直到康熙帝以新式大炮打败葛尔丹迫他自杀，才解除了游牧民族骑兵的优势。"决定中国中央集权的要素，除天候、地理外，北方游牧民族的"人和"因素，也是必不可少的。

在世界范围来看，在纸张还未出现文书还靠木简传递之际，中国已经在一个广大的领域上完成统一，不能说不是一大奇迹。然而，在经济如此粗糙的时期，统一治理广大的领域，必然遭遇技术上的难题。"以一种象征性的指示当作实际的设施，注重视觉听觉上的对称均衡，不注重组织的具体联系，这些都与传统中国思想史有关。这也是初期政治早熟，技术供应不及时的产物。……于是只有将原始片面的见解牵扯着笼罩着去推衍出来一个内中凡事都能互相关联而有规律性的宇宙。"包罗万象不必解释的奉天承运，成为对世间所有事物的最高裁判。

代表天命的皇帝，由此而诞生。中央集权，决定了必须要有一个最高的裁判者、领导者。然而，广袤的地域，如何让所有的人信服最高领导者，以便命令更快执行，减少争端，从原始社会传承而来的"巫"，是一个约束底层百姓的有效身份。中央集权的需要，不容许中华民族在皇帝之外，有一个地位和他同等的大巫师，实行如欧洲那样的政教合一。因此，政治的皇帝，必须也是宗教的皇帝，九五之尊，真命天子，半人半神的皇帝由此而来。可见，封建政治体制，根本上并不是为皇帝而设置，而是为了保民，保种，因此，"民为贵，君为轻"，民比君重要。君实则是众人所需要的祭品。

政治制度的粗糙以及地域的广大，决定了"中国的君主制度，以皇帝和天命直接统领万亿军民，中层脆弱，法制简单，政府力量之不及，半靠社会力量支持。……民间的忠孝观念实为撑持宋、元、明、清以来大帝国之有力支柱"。这就是中国封建社会的政治构成状况：上层为皇帝和天命，中层为官僚和道德，底层为百姓和忠孝。由此可见，中国封建社会在统治手段上，意识形态远大于现实技术。这也是，在封建中国，道德的力量为何如此强大的原因。

粗糙的政治制度，只有在简单划一的社会状态下才能有效实施，其实施必然带着理想色彩。"有如王畿和九服，其用几何图案作理想的标准，不出'间架性的设计'，这是立法的基点，不是实际考成的尺度。"这样的政治设计，注定了中国的经济状况必须以小自耕农为基础。"中国传统社会里的一个技术问题，此即是政治系统早熟，缺乏结构之纵深与应付事态的灵活，只能从一个低水准的环境内使国家进展到小康。一至人文发达，经济突破某种限度，则无所措手，只好说'言利'之臣都是坏人。"因此，限制经济发展，才能保障政治制度运行。

从诞生之日起，中华帝国的政治制度就是内向型的。这样的政治制度必然要求人心萎缩，必然要求经济保持低水准水平。当经济一经发展，当个人欲望一经苏醒，帝国就会面临考验。两千年来，为了帝国的统一，为了中华民族这个种族在大地上生存，中华民族做出了巨大牺牲，其中以牺牲个体尤为壮烈。中华民族在大地上探索维持庞大帝国的实验，可歌可泣。中华民族的探索，为人类如何在大地上生存，提供了可贵借鉴。

四、《中国大历史》与中华帝国的进化

尽管从现实出发的政治制度要求社会整齐划一，但是经济就像孩子，一经出生，自会按照其天性发展。当经济发展到原有体制不能承载时，帝国的崩塌、改良、重组，在所难免。在此过程中，中华帝国在政治、经济、文化方面，得到进化。

在《中国大历史》里，黄仁宇先生勾勒出了中华帝国的进化史。按照朝代的先后，黄仁宇将秦汉称为"第一帝国"，将隋、唐、宋称为"第二帝国"，元、明、清则是"第三帝国"。

划分的依据，在于政治制度的成因。秦汉由周朝的封建制度改组而成。隋唐所承袭的原始机构，则由北齐北周追溯到北魏拓跋氏，始于游牧民族的汉化。秦汉的文书，还用竹木，隋唐之间不仅纸张已行使五百余年，而且木板印刷，也于公元600年前后出现。第三帝国的主体包括明朝和清朝，和前一时期相比，有非常明显的退缩。政府依赖意识形态的程度更胜以往。

为什么会出现第一帝国、第二帝国、第三帝国？《中国大历史》提纲挈领地点出原因。"周人实为中国初期各种制度的创始者，其中最具创造性的人物为周公。周公所有组织国家的方案着重在至善至美，符合自然法规。虽说迁就通融之处所在必有，其下级则务必先竭心尽力做到理想上的境界，同时上级也不时向下级施加压力。及至最后真是力不从心只好任其不了了之。……年

久月深，当初技术上的需要，日后也就被以为是自然法规之一部。"汉代沿袭周朝，对于政治制度，将精力放在强化与完善其神秘性及理想性上。如祭祀，"在汉代，尤其是后汉的国家祭奠中包含着种种复杂的成分，可见他们认为朝廷并不仅是人间的组织"。对于治理的理想性，汉代的一个重要举措是"提倡儒术"。"儒家传统之政府，不仅为一种组织，也是一种纪律，所以它不以绵密紧凑的方式构成。"以儒术来统领官僚，这是中华民族在中国文化里唯一能找到的出路。

汉，相较于周，在政治制度上，更为成熟，更为先进。然而，因整体设计是向过去学习，因此，汉必然覆亡。汉亡时，王莽的变法，师法周公做法的失败，证明了周礼的不合时宜。

东汉覆亡之后，土地被集中在少数巨家大室手中，北方游牧崛起。"东汉覆亡之后的369年酝酿着一个大问题，牵涉整个国家从头到尾的重新组织，不仅曹操不可能预测，即作史者如陈寿及裴松之也仍没有看到演变之全豹。"汉亡后，动荡的魏晋南北朝即在重组社会，"拓跋民族在中国历史上最大的贡献为：重新创造一个均匀的农村组织，非如此则大帝国的基础无法立足"。土地再次被均分，游牧民族与汉民族融合，国家再次被统一，第二帝国登上历史的舞台。

伴随第二帝国，中国的版图逐渐扩大。中华帝国从中原的狭小之地扩展到新疆，扩展到蒙古，扩展到东北等地，一个多民族的国家逐渐成型，奠定了今日中国的样貌基础。

然而，以小自耕农立足的政治体制的弊端，在唐末及宋再次展现。"黄巢的故事暴露了中国长期左右为难的地方。一个有效的中央政府财政开支极高；可是若没有负责的中枢，其结果也不堪设想。"对于唐代的覆亡，黄仁宇的看法是，"唐代之覆亡不由于道德之败坏，也不是纪律的全部废弛，而是立国之初的组织结构未能因时变化，官僚以形式为主的管制无法作适当的调整，以致朝代末年彻底的地方分权只引起军阀割据"。总之，唐亡于社会的进步，而非社会的退化。黄仁宇先生的见解，如霹雳闪电。这是笔者阅读历史时，第一次看到对一个朝代的兴衰，不以宦官乱政、不以苛捐杂税、不以女色祸国等外在理由而进行的解释。

唐亡后，宋代王安石对政治制度进行了一次大手术。与王莽变法向后看相反，王安石变法向前看。然而，与王莽的结局一样，王安石变法失败。他变法的失败，"一个重要的因素始终没被王安石看穿，也很少被他日后的崇拜者顾及，即现代金融经济是一种无所不至的全能性组织力量，它之统治所及既要全部包涵，又要不容与它类似的其他因素分庭抗礼。显而易见的财产权之被尊重和分工合作的交换率所根据之客观价值，不能在某些方面有效而在其他的地方无效"。

由王安石的变法，可看到现代金融经济是中华帝国命运的决定性因素。走向现代金融经济，则中华帝国能继续。反之，则崩塌。"所有国家都企图脱离以农业经验为主的管制方式，采取重商主义的办法，不论其结局称为资本主义或社会主义。这运动由小国波及大国，从海洋性的国家触及大陆性格的国家，从历史文化不十分巩固的国家到这种力量根深蒂固的国家。"然而，在欧洲发展资本主义时，明清非但没有发展现代金融经济，还采取了闭关锁国的办法，进一步萎缩经济，崩塌也就是注定的命运了。

由王莽与王安石变法的失败，可看到，宋代，中国封建体制已走到了尽头，在其体制内无论向前还是向后，都是无解的。非得在外力作用下，才能打破原有体制的窠臼，创造出新的体制。

通过黄仁宇先生的梳理，可看到中国经济与政治制度的三次大变革。"经济基础决定上层建筑"，黄仁宇先生充分运用了马克思的理论，不以个人好恶、不以简单道德、不以主观臆想看待历史。从经济的视角，对中国历史演进过程进行划分，开辟了中国历史研究的先河。

五、《放宽历史的视界》与官僚主义

官僚，是中国封建社会的中层，其承上启下，是维持帝国运行的关键要素。汉代独尊儒术，以读书人为官僚。此后，读书人除做官外，再无出路。官僚制度延续至今，剖析其根源，才能看见其利弊。

在《放宽历史的视界》里，黄仁宇先生说："官僚制度必以大多数的小自耕农为财政基础，不能以武士阶级和贵族作中层机构，也不能以商人作行政的工具，就不能创造一种剥削的系统。历代的科举制度，尚且全面地吸收人才，在社会里造成流动性，更不能使剥削的成果，凝结持久。"由此可见，小自耕农是官僚制度存在的温床。帝国为了统一的需要，以科举即考试制度选拔官僚，同时达到阻止剥削的凝结持久即阻止资本聚积的目的。

官僚的功能，显形的是管理百姓，隐形的是经济均衡。"官僚的选拔既向一种通盘性的值守着眼，则考试的内容可以简化。……今日我们已可看出，考试制度是社会上向上流动性的主持力量。通常考试成功则做官，做官则名利双收，事实上，也就是以非经济的方法逐获经济上的利益。"官僚与低水准水平经济相辅相成。读书人在官僚的社会环境里获得最大利益。在家天下的皇权社会里，官僚是自成一体的，他们的利益与皇帝的利益及老百姓的利益，都可以没有关系。因此，贪污腐败无法从根源上断绝。典型如，朱元璋用剥人皮的恐怖手段恐吓贪官，但依然阻挡不了大明王朝官员的贪污。

黄仁宇先生看到，"传统官僚政治与现代化组织基本不同之处，则是缺乏民间商业的组织在旁督责襄助，担负其一部分行政费用，而责成其照法律条文不折不扣的施行。这也是管制大量的农民，只能以集体的办法和预定的数学公式对付之一大主因"。换句话说，传统官僚政治是无需承担责任的政治，形式大于内容。其根源依然在于，庞大的统一的小自耕农帝国的需要。在《中国大历史》里，黄仁宇先生看到官僚作风养成的原因，"国家体制的最大功用是将千万的农村纠结在一起，意识形态较科技优先，文化上的影响比经济更重要，各级官僚的消极性比他们适应环境的能力还要被重视。甚至边境上的武装冲突也不足改变这作风。"

流于形式、官老爷的官僚作风在国家体制的需要下，渐渐养成，最终形成中国文化的一部分。以读书来谋利，成为中华民族的主体认识。这也是中国走向现代的艰难处之一。与西方相比较，中国缺失服务型的政府。中国要走向现代，依靠过去的官僚体系是行不通的。因此，建设服务型政府，实现治理体系与治理能力的现代化，是当下的重要任务。

六、《黄河青山》与现代中国之路

纵观中国大历史，无论半人半神的皇帝还是官僚主义，都是以小自耕农为主体的政治组织，缺乏适应性去掌握一种多元的成长的城市经济。如果中国是世界的唯一，或许可以一直在王朝的更替中轮回至末日。然而，世界的真相，历史的真相，人类的真相，并非如此。清末，西方人的经济与科技打破了中国人"天朝上国"的梦想。中国在外力的作用下，被迫加速进化。其进化过程必然是惨痛的。

出生于中国从"走兽进化到飞禽"过程中的黄仁宇先生，参与进化，深深体会到进化之痛。在《黄河青山》这本回忆录里，黄仁宇先生真实记录了作为一个国民党军官对国民党和共产党的所见所闻所感。为什么，装备精良的国民党会输给小米加步枪的共产党？这是黄仁宇先生毕生的问题。带着问题，他进入到中国历史中，以万历十五年为切入点，对历史进行庖丁解牛。

"多年以后，经过不断的阅读和反省，我才了解到，国民党对统治的心态，具体呈现了中国传统的政治手腕。我们必须了解到，古代的皇帝无从知悉所统治百姓的数目，不清楚实际税收，也无从掌握军队的确切人数。统计数字不过是粗略的估算，其准确度有多高，官员也不会太当真。在这种情况下，将所有的公共事务都转变成数字，再进行处理，是很不切实际的。为维持中央集权统治，另外一个解决之道是创造出一个完美的理想模式，将之标准化，再令各阶层从而效法即是。如果产生实务上的困难，忠心耿耿及足智多谋的官员必须绞尽脑汁，设法加以解决。如果解决不了，个人的牺牲在所难免。无可避免的是，理想和现实之间一定有落差。但在古代，中国在世界上具有无需竞争的地位，即使理想和现实有出入，也无关紧要。如果人人默不吭声，缺陷就会缩到最小。只有在失调扩大到无法管理的规模时，才有必要进行改朝换代，历史的曲线重新再走一次。国民党的难题是，它打算在20世纪再重复这个过程，但中国的地位今非昔比，缺陷也无处可隐藏。"以大历史眼光，黄仁宇先生看到国民党之所以行不通，在于重复封建官僚体制的老路。他相信，"一个三百万人的军队，而且士兵全由农民组成，花了近四年的时间打仗，如果只是为了保卫一个高压而腐化的政权，怎样说都不合逻辑"。对于国民党，过去的宣传，侧重其腐败，看了黄仁宇先生的见解，才明白，自己对历史的了解多么肤浅。

鸦片战争后，中国即在进化之中。政治体制与地方经济在不同步中前进。

从政治体制上，在最顶端废除皇权，建立政府，开辟中国现代政治管理体系，这是蒋介石不可抹杀的功绩。"蒋介石的政府，是第一个给予中国人民方向感和希望的政府。它现代化的外观受到其他国家的重视，以至于愿意与它谈判，废除大多数的不平等条约，结束中国一百多年来的羞辱和奴役。他的政府是第一个现代中国的政府，动员全国抵抗一个一流强权的全面入侵，而且最后还能胜利告终。"

然而，蒋介石的政府仅具有现代政府的外观，并没有现代政府的执政能力。黄仁宇先生看到，八年抗日战争的胜利，在于"这个政府的成功大多出于人类的意志，而不是组织的效率。经过八年抗战后，这种意志无法再持续，组织更受到质疑，让它毫无自保的能力。它甚至无法保护自己的威望。因此其失败更显得一发不可收拾，甚至足以成为整个国民党运动的特征"。

为什么，现代政府无法在蒋介石时期成功，因为"直到20世纪，中国一直近似只有农业的社会，大体上是由官僚来管理。国民党在政府组织上层创造出现代的外观，但底子里全国仍是村落的结合体，管理方式不可能比明朝或清朝更企业化"。经济基础决定了"中国的命运系于乡村改造所产生的突破"。黄仁宇先生看到，"毛泽东和共产党赋予中国一个全新的下层结构。从此税可以征收，国家资源比较容易管理，国家行政的中间阶层比较容易和被管理者沟通，不像以前从满清宫廷派来的大官。在这方面，革命让中国产生某种新力量和新个性，这是蒋介石政府无法做到的"。这就是为何最终共产党胜利，国民党失败的根本原因。

跳出国民党、共产党的局限，黄仁宇先生看到，"国共争斗的时期虽然显得长，实际上只是鸦片战争启动历史事件以来的其中一环。在现代中国历史的所有层面中，都贯穿一个基本议题，就是中国由文化主导的政治体必须转化成现代国家，其基本要求为可以从经济上管理公共事务"。因为共同的目标，国民党与共产党站在不同的历史位置，各自完成了重建现代中国的任务。国民党搭建了以效率为出发点的高层组织，共产党则完成了广大底层的重创。毛泽东扫除了农村内放债收租的陋习，过去这习惯如癌症般影响到乡村每一个细胞的健康，阻挡中国的现代化。

中华人民共和国的诞生，是人为，也是历史轨迹的必然。"这两大运动（国民党与共产党）彼此完全相反，但就技术面来说，两者又必须在时间上重叠。前者不能吸纳后者时，就被后者所取代。在过渡时期两者共存的这种需求，一定是成立联合阵线的理由。通盘考虑所有的因素后，我们更深信历史不可抗拒的力量。虽然有许多选择的幻觉，但对中国来说，终究只有一个问题，一个解答。"现代中国，是中国革命的方向，是中华民族在大地上生存必需的选择。

七、让历史照亮未来

中国能否走向现代？中华民族是否有未来？黄仁宇先生游历欧洲，考察欧洲资本主义，写下了《资本主义与二十一世纪》及《地北天南叙古今》。通过欧洲国家的发展历史，黄仁宇看到数目字管理是现代社会的关键。中国能否从一个粗糙的农业社会进入精细的数据化国家？"在什么情形之下一个国家可以在数目字上管理？低层结构中，各因素要能互相交换。其所以能互相交换，是权利与义务相等，公平合法，不是由上级一纸指令行之。……在农业社会里官僚主义之下，私人财产权没有保障，所有的数字加不起来，征兵抽税都全靠由上向下加压力，被征与被抽的，不是公平而应当担负的，而是最没有力量抵抗的。所以，统计无法着实，只有数字的膨胀。"在《现代中国的历程》中，黄仁宇提出了实行数字管理的条件：各因素能互相交换，权利与义务相等，以法治保障社会运行。

1949年，共产党在全国建立政权后，即大力发展经济，现今各种经济体多姿多彩，农业是支柱产业，但却不再是国家唯一的经济命脉，在卫星、互联网等现代科技手段下，数据化管理已实现，进入现代所必需的经济基础与技术手段都已完成。因此，始终关注中国命运的黄仁宇先生宣布，中国已结束了革命，王朝更替轮回的命运已不再笼罩在中华民族的头顶。

如今，中国进入到国家治理体系和治理能力现代化的历史阶段。中央集权的国家政治体制，已从封建体制里破茧成蝶。作为国家最高领导人，是政治的，也是个人的。走向国家最高领导人，是个人自发的选择，而不是被迫的。其政治与个人是合一的。且其行为必须在法的约束内。作为代表人民根本利益的执政党，其利益与广大人民是一致的。政治体制的顶端与底端，第一次真正实现了利益一致，休戚与共。

当中国进入现代国家时，黄仁宇先生闭上了他的眼睛。2000年1月8日，先生与世长辞，再也看不到中国现代化的历程。

当放下黄仁宇先生的最后一本著作时，看到先生对中国发生之事件，有着惊人的预见力，笔者不由深思，历史是什么？历史与人的关系是什么？

历史是人创造的。这是共识。历史记录过去，是人存在的家园。然而，历史并非尸体，历史是活性的，一经诞生，自有其自性的个性，自有其自性的"人格"，自会按照其天性成长。因此，历史也左右甚至决定人的行为，这就是"通古今之变"意图知晓的历史的力量。历史与人，是相互作用的。因此，历史需要以客观、公正、全面、科学的态度对待，即以真性的历史唯物主义解读。否则，历史就会成为囚禁人的牢笼。

　　研究历史，是为了光照未来。通过黄仁宇先生的系列著作，可看到，历史不仅记录过去，历史更照亮未来。作为天地之灵长的人，不仅渴望知晓历史的力量，更渴望掌握历史的力量，以此设计和创造未来。这就是真性的历史学家，对人类心怀的悲悯之情。如何让历史照亮未来，黄仁宇先生做出了榜样。当以真性的历史唯物主义解读历史时，才会看到历史的真相，才会看到人类社会活动的必然轨迹，才有能力设计前方的道路，才不会开历史的倒车，才不会成为历史的奴隶，才不会仅仅顺应历史。

　　以实用及唯心出发的历史观，必须终结。实用与唯心，都是没有前景的。篡改历史，粉饰历史，忘记历史，都注定是死路。

　　如今，实现第五个现代化，需要"道路自信、理论自信、制度自信"。治理体系与治理能力，必须有道路的引领，必须有理论的指引，必须有制度的保障。顶层设计离不开历史的光辉。道路、理论、制度都渊源于历史。如何对待历史，关系着中国第五个现代化的实现，关系着中国的未来，关系着人类的未来。

　　这是笔者阅读黄仁宇先生的著作，领会到的历史的态度。

　　最后，感谢黄仁宇先生！

何为我及何为生活的启示

——读刘小枫系列著作随笔

引　子

我说，我要疯了。

当我这样说的时候，我再一次地要疯了。

此时，言说"我"的我，是我吗？我到底是谁？我真的存在吗？

如此发问，心中、脑中一片空空荡荡。

6月5日下午，我和我的老师再次发生不愉快。缘由相关工作。老师用非常严厉的语气批评我工作中的失误。看着老师有些失望的表情，我想向他说明自己不是那样毫无感觉的人。申辩换来的是老师的心寒。局面恶劣透顶。更多的话语伤更多的心。

为什么，这样伤害？究其原因，我太在意老师对自己的看法，太在意自己在老师心目中的形象。然而，我在老师心中树立的那个女人形象是我吗？我是不是等于形象？假如我是形象，当老师不在了的时候，是不是我也就不在了？我比老师年幼，按常理，老师不在了的时候，我的肉体还在，我并没有随老师的不在而不在，似乎我又不等于形象。然而，如果我不是形象，那么我又是什么？成绩、荣誉、知识是我吗？如果成绩、荣誉等于我，那么捍卫已经取得的成绩，是我该做的。可成绩、荣誉、知识都在我的身体之外，它们似乎又不是我。到底什么是我？我快要抓狂了。

绝望与恐惧涌上心头，三十六岁了，我竟不知道何为我，当然，也就不知道该怎么活下去了。

三十六岁，第一次，如此迷茫。

必须寻找我在哪里，否则会疯掉。

心底的声音说。

我想到，用了近半年时间阅读完的当代学者刘小枫的系列专著。

静下心，慢慢体会着半年时间里，刘小枫带给我的种种启示。

菩提本无树　明镜亦非台

进入刘小枫的第一本书是《沉重的肉身》。阅读机缘于同事唐闯的推荐。去年，同事唐闯在成都出差，期间到文轩连锁淘书，被《沉重的肉身》书名所吸引，翻阅完毕，击节赞叹。回来后，他向我的老师（亦是唐闯之师）及我推荐了此书。

老师让我买一本。当绿色的华夏出版社2012年第六版《沉重的肉身》到手后，我一发不可收拾地阅读起了刘小枫的作品。

可以说《沉重的肉身》是本故事书。书中讲了"丹东与妓女"、"牛虻及其情人"、"托马斯与特丽莎"、"卡夫卡的婚事"以及基斯洛夫斯基的电影《红白蓝》等共十多个故事。

第一个故事，"丹东与妓女"提出了我与我们的关系问题。

我与我们，是特指与泛指的关系。我是特指，是具体的个体的人；我们是泛指，是含糊的群体的人。人源于动物。动物生存特性之一，是以群体的形式存在。人亦如此。人因地理环境、语言、文化等不同划分为不同的群体，即"国家"。对群体的国家范围内的"我们"，通常用"人民"这个词语概括称呼之。国家范围内，我与我们的关系问题，即是个体的人与人民的关系问题。

对动物来说，大多只有族群意识，作为族群中的一员存在着，没有"我"的意识。人之不同于动物，就在于有了"我是谁"的发问。当人意识到"我"时，就永远再无法仅仅作为族群中的一分子，作为"我们"或"人民"安然地活下去了。

不过，在"人民"的汪洋大海里，要感知到"我"的存在，不是一件易事。丹东，在法国大革命的血海里看到了一个个具体的"我"。

作为法国革命的领袖者之一，丹东在革命后的一天，与友人德穆兰在夕阳如血的辉光中沿塞纳河散步时，突然说：看！那么多的血！塞纳河在流血！流的血太多了！

革命免不了流血，免不了不停地杀人。丹东由于亲自审批送人上断头台太多，发现人民不是一个总体，而是无数的个体。我们由无数个我组成。

法国大革命，在罗伯斯庇尔的领导下，努力消除个体感觉，追求道德一致。与罗伯斯庇尔倡导的道德不一致的，会被送上断头台。对此专政，人民没觉得什么不对，以火热的热情投入到革命中。然而，一个叫玛丽昂的妓女却搅乱了雄壮的大合唱。妓女玛丽昂有非常强的"我"的感觉。她喜欢卖淫。这与罗伯斯庇尔追求的道德相悖。她该上绞刑。不过，玛丽昂不是坐着等死的那种人。她用诗一般的语言提出了基于自己的生存感觉偏好的道德诉求：根据自己的感觉偏好去生活，就是道德的行为，这种道德的正当性在于自己感觉偏好的自然权利。

玛丽昂的个体道德直接顶撞了人民道德，与丹东对人民民主的自由的怀疑情投意合。丹东不认为人的生活方式有善罪之分，每个人在天性——自然本性上都是享乐者。不同的只是每个人寻求享乐的方式——有粗俗、有文雅，这是"人与人之间所能找到的唯一区别"。

法国大革命的另一位领袖人物罗伯斯庇尔却有着和丹东不同的观点。他认为，应建立以人民公意和道德一致为法理基础的伦理国家制度——人民民主专政的国体。

个体的人的感觉与人民的一致道德冲突。当寻问"我是谁"时，我与我们往往冲突。既然"我们"的道德不是我，那么，我到底是谁？丹东进一步追问，发现自己为之辩护的自然性身体即个体的人、即"我"，不过是一团肉身物质。这一发现令他绝望得要命：世界是坟墓，让它在里面腐烂。

丹东不想活了。历史的表象是丹东死在法国大革命的绞刑架上。历史的真相是，丹东之死无关罗伯斯庇尔，而关乎"我是谁"这一问题。当丹东的答案为：我是肉体时，死亡将他带进了绝望的深渊。

"菩提本无树，明镜亦非台。"我本无我。当死亡来临时，风一吹，骨灰随风飘散，世上哪还有我？如此思想，不仅让丹东绝望，也让我绝望，凡撞上这个问题的人，都绝望。这就是刘小枫《沉重的肉身》讲述的主题。当我等于肉体时，无一人可以在肉体的感觉（无论快感、痛感或苦感）里找到存在的意义，找到活下去的正当理由。

我不同意我即肉身。我想找到活下去的理由，可能吗？我寻找着。

身为菩提树

我不等于肉身。那么，肉体之外的东西，如荣誉、知识、面子、衣服、别人的看法、别人心中的形象等等又是不是我呢？刘小枫《这一代人的怕和爱》给了我启示。

刘小枫生于1956年。同他那个年代的人一样，从小，刘小枫也在革命书籍的怀抱里长大。他熟读《钢铁是怎样炼成的》。

我的记忆里，也有保尔·柯察金的影子，他的名言"人的一生应当这样度过：当他回忆往事的时候，他不会因为虚度年华而悔恨；也不会因为碌碌无为而羞愧，当他临死的时候，他能够说：我的整个生命和全部精力，都献给了世界上最壮丽的事业——为解放全人类而斗争"曾激励我努力学习。然而，刘小枫却在这部充满革命激情的书里，读出了不一样的内容。《钢铁是怎样炼成的》其中一条线索是关于保尔·柯察金和冬妮娅的爱情，他们的爱情以冬妮娅的离开为结局。

革命者的爱情故事，让刘小枫对革命产生了疑问。他看到：革命是社会性行为；而爱欲是个体性行为。革命的恒在使魂萦偶在的个体爱欲丧失了自在的理由。如是想法，在"革命"年代，可谓疯狂。可是，冬妮娅"爱保尔'这一个'人，一旦保尔丢弃了自己，她的所爱就毁灭了"无法回避地启示刘小枫发出了关于"我"的问题：我是谁？我是不是等于"革命"？我是不是恋人要求的结果？这正是不少读者喜欢《记恋冬妮娅》篇章之所在。

冬妮娅对自我爱情的捍卫让刘小枫明白，每一个"我"无不以自我的身体为基础并在自己的身体之内，即佛家所说"身是菩提树"。身体以外的所有"东西"都不是"我"。在冬妮娅眼里，参加革命之后的保尔·柯察金虽然与参加革命之前的保尔·柯察金有着同一副身体；然而完全服从于革命要求的革命者保尔·柯察金已丢弃了自己，他将"革命"当成了"我"。冬妮娅的发现迫使刘小枫思考"革命"或社会伦理与"我"的关系，并从此开始产生了"我"的意识，这为他日后走上了一条自己的路打下了基础。

《记恋冬妮娅》给我的启示——身外之物，如革命、恋人的要求、群众的看法、面子、荣誉、爱人的印象等等等等虚无缥缈的"我"的外衣皆不是我。我明了，为何老师不在的时候，我会慌乱。我终于明了，为何老师表扬时我则喜老师批评时我则忧。我不过是老师心里的一道云彩。那，不是我。

我真的存在过吗？面对刘小枫的追问和启示，我心中的疑惑反而加深了。

刘小枫带给我的震动，从阅读《这一代人的怕和爱》时开始。一本意在让人"同心同向"的革命小说《钢铁是怎样炼成的》，刘小枫竟从里面读出了"自我"，这显示出他超常的独立性。我不知道，有多少人在历经"文革"后，找到了"我"的存在，但通过刘小枫的书，我知道，他是其中的一个。回顾"文化大革命"，"众口一词"的场面不难看见。为何，刘小枫能"脱离"革命队伍的大集体，作为"我"而存在着？因为，他发出了"我之思"，发出了与那个时代"无产阶级革命"与"阶级斗争"一统中国的思想下不一样的"思想"和自己的思考。

"我想"、"我认为"、"我说"……常常，人们在这些带"我"的主观能动之词里，感觉到自己的存在。然而，"我"想的，真的是"你"所想吗？我认为的，真的是我所认为吗？我说的，真的是我在说吗？我想的内容是不是众人所想？我认为的是不是领袖至上而下"告"之的？我说的是不是重复前人说的话？想想这些，恐惧油然而生，由心而生。三十六年了，我到底说了多少属于我自己或自己想说的话？

在人生的第三十六年，我开始寻找我，寻找属于我的看法。

"我在我身体之内"的回答，并没让我醍醐灌顶。我在我身体的什么地方、什么之"内"呢？手？脚？生殖器？心还是……？刘小枫的《罪与欠》持续给予我启示。

是心作佛，是心是佛

我的生活中，"罪"往往与犯罪、罪人联系在一起。罪与法相关。法的语境里，承认自己有罪，意味着将受到惩罚，甚至被判处死刑。结局令人害怕。我不愿意承认自己有罪。故而，看到书名《罪与欠》，心中升起"火中取栗"的阅读欲。

翻开书，大洋另一端对"罪"的表述，让我惊奇。欧洲，表达罪的词语有两个，其一意为"人作为被造者违逆造物主的意志为其设定的基本生存秩序，违背造物主设定的生存意义"，这一含义上的罪是犹太——基督教特有的概念，它以身位的上帝及其创世论为前提，在其他文化圈的世界观中是不存在的。其二，刘小枫译为"欠负"，即"有负于……或有欠于……"之意。

这两种表述，都没有将人"绳之以法"的用意。我感到了轻松。看来，欧洲人对"有罪之身"非常宽容。欧洲人全新的"罪观"牵引着我进入《罪与欠》，进入一个和我的日常生活完全不同的天地——神学世界。

"宗教是麻醉人民的鸦片"，马克思的这句名言至今教导着新中国的"社会主义接班人"，其中包括刘小枫。然而，刘小枫并不因马克思而止步，他深入到宗教内部，研究宗教，并以严谨态度推介欧洲神学知识。所以说，刘小枫是独立之人。

刘小枫曾是我国美学大师宗白华的研究生。凭着宗白华的名号，他这一生足以生活得不错。然而，刘小枫却在推出轰动中国学界的《诗化哲学》和《拯救与逍遥》两本专著后，远赴欧洲，进瑞士巴塞尔大学，学习神学，并取得神学博士学位。我不是刘小枫的研究者，对他专业大跨越的原因不清楚。不过，透过《这一代人的怕和爱》，可以看出刘小枫年轻时喜欢阅读苏联文学，如《金蔷薇》《被侮辱与被损害的》《带阁楼的房子》……在苏联文学里，独立思考的刘小枫看到了和我们民族精神迥然相异的一种精神——基督精神，这种精神让刘小枫着迷。也许，正是这一精神动因，让刘小枫踏上"西天取经"的道路。取经的最终目的，是为中华文明注入新鲜血液，为中华民族的明天找寻道路。

在"西天"，刘小枫首先做的是，研究基督教产生的原因，并梳理其历史。透析基督教历史，可看到发源于犹太教的基督教数千年的发展之路，是一条人类从混沌到自我觉知求生活的觉知之路。这体现在《旧约》与《新约》的区别。

基督教与别的宗教相比，奇特之处在于，当信众对"我"进行发问之后，它仍然作为宗教流传了下来。研究基督教，可以看到人的本质。

阅读《罪与欠》之前，因所受教育，宗教对我已不是问题。该书开启了我的宗教之问。我首先为竟有如此多头脑聪明的人投入到神学研究中而震动，如奥古斯丁、马丁·路德、海德格尔、胡塞尔、基尔克果、巴特、舍勒等。很多人的名字，是我第一次从书中听说。由此，可看出，宗教绝不仅仅是"精神鸦片"这一简单定论可以概括的。

推动神学发展的重要因素是源于对人的本质的认识。有意思的是，基督徒们不断用科学手段对人的本质进行认识并论证上帝，导致了一个神学家们始料未及的后果：欧洲文明走出迷信，并走向了现代。这是基督教给人类的伟大贡献。

基督徒们言说人，首先将人与动物区分开。《罪与欠》中用"欠负"区分人和动物。理由：欠负现象只出现在人的领域，在自然界和动物界不会有欠负（负罪）。动物界和自然秩序中不会产生欠负或负罪，根本原因在于，其中不关联某种价值秩序。基于这种价值秩序，人之在不同于动物之在。

人之在的本质是什么？舍勒用"身位"来描述，说，这种本质尤其体现在属人的"身位情感"中。舍勒论述：动物会有对美的快感和不快感，但没有对美的自由创造和欣赏；动物有合群感和不快感，但没有自由的同情感和精神之爱；动物有畏惧感，却没有敬畏感；动物有对惩罚的记忆，却没有懊悔；动物有痛感或快感，却没有忍耐感、受苦感和牺牲感。舍勒论述的属人的情感，都由人的心生发。

通过身体现象学（运用身体现象学并非舍勒一人，海德格尔、尼采、基尔克果等人都采用此方法。由此，可看出，身体是探究"我"的出发之地）的分析，可看到我以我的身体为基础并在我身体内的心中。心，是我的本在栖居的地方。

"是心作佛，是心是佛"，心即佛即我。观照内心，即是观照自我，即观自在。至此，我明了，当所言从心中流出时，我的嘴才代表着我在说话。那时，"滔滔不绝"的我才真实地存在着。

我将往何处去

至此，问题似乎明了，从心出发、用心感知，已能在一定程度确定我的存在。然而，心，仍不是我的终极之地。

一个刻意回避的问题，在老师的"逼迫"下，终于无可逃避，那就是死亡。死亡是无力改变的现实。尽管，运用科学技术，可以让人的寿命从一百岁延长到两百岁、三百岁。我死了之后，我还存在吗？因老师的鞭挞，我开始思考这一不愿触动的问题。

触及死亡，心中满怀悲伤。由我推及到我的同事如小辉辉、央央、红红等人，她们死了后，还存在吗？她们死了后，将往哪里去？共事多年，已和单位同事产生情感，无法对她们的消失冷漠。

死亡是否会将一切肉体勾销掉，最终"落了片白茫茫大地真干净"？结局若如此无情，必死者的我已没有一丝力气继续活下去。

宗教产生及存在的意义，在我因触及死亡而绝望时，有些了悟。必死者的人无力承受死亡将肉体即我勾销掉的现实，力图找到人在死亡后的存在，宗教正是必死者为自己寻找的归途。不同的文明背景下，我的去处不同。老师明示：儒家以孝为宗教。通过祭祀，必死者得到慰藉，只要后代活着，我就会永在，故"不孝有三，无后为大"。佛教以灵魂转世慰人。在灵魂的轮回中，死亡不再恐惧。基督教则以末日审判给人希望。世界末日时，耶稣将审判古往今来全人类，分别善人恶人，善人升天堂，恶人下地狱。

在老师的明示下，可看到，祭祀祖宗是现世生活的延续，阴间只是阳间生活的夸张翻版，而在基督教的世界里，人死之后属灵的去处迥异于现实生活。基督教描绘的人的终极去处，让我感到新奇，为我寻找我的终极所在提供了启示。这是阅读刘小枫《圣灵降临的叙事》的收获。

《圣灵降临的叙事》，刘小枫以一个问题进入：尼采宣告了西方基督教的死亡，这几乎成了汉语知识界的常识。20世纪初，尼采同样对俄国知识界产生过巨大影响，然思想家梅烈日柯夫斯基从尼采意识得到的何以是圣灵降临的叙事的启示？

为解答问题，在《汉语神学与历史哲学》篇中，刘小枫以中国学术界过去对基督教的种种误解为"的"，一一进行"放矢"。

刘小枫的论述也廓清了我过去对基督教的不解。尽管我生活的城市也有基督教堂。

随着刘小枫的论证进程，基督教的本质得以呈现：基督教本质上是一种宗教伦理，而不是政治伦理。与犹太教和儒教不同而与佛教一样，基督教的宗教伦理根本上关注的只是个人生命的得

救，而不是群体的生活道德秩序和社会的公义与平等，基督教能
够提供的是个人绝对价值的观念和上帝为世界安排的自然秩序的
观念。

由基督教的本质可看出，刘小枫苦心孤诣想做的是：以基督
教补汉文化"缺乏个体"的天。这份苦心一以贯之在他的几乎所
有著作中，《沉重的肉身》《这一代人的怕和爱》《走向十字架上
的真》等莫不如此。刘小枫想唤醒汉民族个体对"我"的追问，
这是他投身基督怀抱的隐衷。的确，阅读完刘小枫的著作，我开
始对我的存在有所感知。

刘小枫说，因基督教对个体生命的关注，基督事件（上帝的
话语）与任何原初的民族性思想及其语文经验的关系都是紧张关
系，基督事件对人类的民族性思想不仅过去是、现在是、将来仍
是闻所未闻和不可思议的信息，任何民族性思想语文要转向基督
事件，都会发生根本性分裂。基督事件的福音消息带来的人的生
存体验结构之转变，是"绝无仅有的人类精神的革命"，是生存
意义认识上"完成的一次彻底的转向"。十字架的信息不仅与东
方的智慧——犹太人的智慧，而且与西方的智能——希腊的智慧
相抵触：上帝运用他的智慧，使世上的人不能够凭借他们自己的
智慧去认识他。犹太人要求神迹，希腊人寻求智慧，基督徒却宣
扬被钉在十字架的基督。

刘小枫的话，让我有些明白，为何我生活的城市尽管有基督
教堂，但我对基督却一无所知。因为，以爱为出发点的属灵的生
活与我的现实生活格格不入。

曾经，我触及到宗教的界限——死亡线。但是，没有基督的
引领，我找不到身体内蕴涵的灵。生活不仅没有因死亡而提升，
反而沉降。

阅读完《圣灵降临的叙事》，我知道了，死亡线使人类的可

能性与上帝的可能性、肉与灵、暂时与永恒泾渭分明。在死亡线上，面对基督，我"口渴"。《圣灵降临的叙事》打开了我精神的突破口。我终于知道，死亡不是终极，死亡是生命的开始。同时，我也知道了，心不是我的终极之所，灵才是我的归宿，心是迈向灵的重要驿站；心对死亡带来的恐惧的感知，开启了我的灵。

对灵的理解，刘小枫从俄罗斯思想家梅烈日柯夫斯基处受到启发：从基督我在的受苦、受死和"成了"以及复活中，欠然我在获得了一种权力，把决定自己生命意义的权利从"这个世界"的统治中要回来，自己为自己设定在世的精神身位。"自己的精神身位"就是灵。获得"灵"的途径是，相信"基督之外无救恩"。

"基督之外无救恩"的认信确认的是：我能够排除一切"这个世界"的政治、经济、社会的约束，纯粹地紧紧拽住耶稣基督的手，从这双被现世的铁钉钉得伤痕累累的手上接过生命的充实实质和上帝之爱的无量丰沛，从而在这一认信基督的决断中承担起我在自身全部人性的欠然。

"欠然"一词，刘小枫在《罪与欠》中有清楚阐述。罪与欠，阐释的都是个体生命的有限。相比"罪"，"欠"更能让人在情感上接受。基尔克果说：个体的有限与永恒之无限的确定关系，个体在生存上就已是欠负的了。刘小枫结合汉语，将欠负译为欠然，更能启迪人领悟自身的缺陷，并激发人修补自身的欠缺，最终，"排除一切'这个世界'的约束，承担自身全部人性的欠然"，那就是修掉肉体的种种奴役，修出肉体中蕴含的灵。

因上帝的存在，人的灵找到了出路，生活质量得以提升，民族气质得以提升，这正是刘小枫《圣灵降临的叙事》想告诉读者的。俄罗斯思想家梅烈日柯夫斯基在写作中感知到圣灵降临的启示，故而能写出"宗教小说"。宗教小说在俄罗斯有一以贯之的传统，如托尔斯泰、陀思妥耶夫斯基等人。而中国只有社会小说如鲁迅及市民小说如张爱玲。两个东方民族自然拥有两种迥然不同的气质。

为何中华民族不能感知到"圣灵的降临",深爱着中华民族的刘小枫试图解答。沿刘小枫的解答路径,灵是人最终的归宿愈显清晰。

活着,是一个问题

行文至此,不得不说到面对人生困境时中西方两种不同的生活观:"拯救与逍遥"。

《拯救与逍遥》是刘小枫上世纪80年代的学术著作。该书几经再版,在"孔夫子旧书网",至少可看到七种不同版本。我阅读的是2011年黑色封面版。

据说,该书当年曾引起学术界地震。书中有不少振聋发聩之言。该书最吸引我的章节是《"天问"与超验之问》。

屈原,中国诗人、儒士迈不过的一道坎。然而,屈原之后,进入他的内心以及他的问题的,寥寥无几,诗人杨炼及刘小枫算是为数不多的进入者。

屈原的问题是中国文化中成长起来的每个人的问题。随着刘小枫对屈原"天问"的解读,对儒家"天"的抽丝剥茧,儒家文化的欠缺清楚地摆在了读者面前。我比较孤陋寡闻,是否另有学者对儒家的"天"进行透辟论析,不太清楚。但,刘小枫的论析思路清晰、论证严密、观点新颖,而且,我的老师杨丹叔先生认同他的某些观点。故,大胆向读者们推荐《拯救与逍遥》一书。

透过屈原问天,再次说明,人是有灵魂的,灵魂才是人的最终所在。灵魂是人的精神解放后开出的花结出的果。

屈原怎样被逼到向苍天讨说法的地步呢?历史故事,家喻户晓，每年端午节重温。然而，故事背后的真相，千年过后，刘小枫慢慢将它揭开。刘小枫像一个侦探，侦查一个隐埋了千年的秘案。稍微有好奇心者，都会对他的行动感兴趣。

"生不逢时"、"昏君"、"身为楚国贵族"等等，都只是案件的线索，而不是根由。将屈原逼上绝境的是：儒家学说的基本内涵君子人格。

君子，注重自身修养，不仅本心可以自足，而且可以与历史社会和自然宇宙融为一体。"天行健，君子以自强不息"，这句话曾鼓励了从古至今不少的中国人努力去做一个君子。君子人格之所以意志自足，乃因为君子人格内在地具有天道的价值蕴涵。君子个体把外在秩序天道即王道内化为人格的内涵，反过来也成了君子人格自足意志的价值根据。这是屈原发出"天问"的原因所在：屈原的君子人格不是内在爆发的，而是外在强加的。儒家以一个绝对正确的"天"为前提，然后，通过修养将前提条件变成君子生存的必然条件。故而，儒家强调"天人合一"。

然而，以外在的混沌的天代替内在的生命本质，必然会在生活中撞墙。当有一人，如屈原提出这么一个问题"为什么我必须信奉王道"时，儒家的天便无力回答。

刘小枫深刻阐述了儒学"天人"的两端并非是一种创世论的关系（如上帝创造了人），而是共生性关系。儒学中的天的观念在价值语态上几乎等于零，无论如何让人难以信任君子的"替天行道"。所谓"天人合德"，实质上等于人人合德。刘小枫也即屈原发问：道德本体的根据是什么？君子之本心吗？君子之圣体天心可以成为道德本体的根据呢？君子有没有陷入过荒谬和恶呢？只要是谈论道德，就肯定没有问题？儒学信念真的没有陷入过荒谬？

为慎重起见，刘小枫进一步寻找"天"与人同一的基点。"天"有意志，人也有意志，意志及其创生的能力成为"天"人同一的基点。

刘小枫以《易传》性体论的基础"万有含生说"为论述出发点，阐明所谓"德"、"诚"、"性"，说来说去乃是同一个"生生"（创生意志），也就是所谓"天命"："天命之谓性，率性之谓道，修道之谓教。"君子人格的意志自足的根据，在此最终落实。"天"有生命大流，人亦有生命洪流，两者说到底都是同一个河流，所谓合德无异于与自身合德。"天人合德"就像一个重言式，等于什么也没有说，"德"本来就内涵于"天"和人之中。况且，在"德"的大生命形态上，"天"人本来就不分，没有分哪来合？"天"与人原本就是一个大生命（德）。

刘小枫得出结论：在儒学那里，"天"与人实质上是一码事，正如"天道"与"人道"就是同一个道。无论君子"反身而诚"所禀有的生命意志还是道德本性，都不是从一个超越的"天"那里得来，君子从"天"那里得不到比自身本有的更多的东西。

刘小枫难能可贵地看到了现象，看到了中国文化的欠缺：缺失超验世界。儒学确立的只有一重世界（现世），而没有两重世界（现世与超世）、三重世界（地狱、人间、天堂）。"天"与人的本体同一，排斥了超验世界得以确立的任何可能。儒家学说以原生命为出发点，与道家学说在性体论上一致，儒、道都只有现世，而没有超世。儒、道追求的圣或仙都只是肉体的延续。因缺失超验世界，当屈原提出约伯式的问题"为何我按照君子的要求去修身，却要遭受放逐"时，无人可以回答他的问题。约伯的提问，"一个义人为何要遭受不幸"，让《旧约》涅槃，诞生《新约》，推动基督教发展。然而，屈原之问，却沉睡于中华大地几千年。这是我们民族该反思的，而不是一天到晚忙着证明，西方有什么，我们也有什么。甚至天真地想用传统文化去拯救西方。

现世问题得不到解答，"圣"即是起点也是终点。屈原的问题换一种方式表达：屈原问，"为什么我要成圣"；圣人答，"因为你必须要成圣"。问答的循环与无解，可见一斑。故而，"我是否还值得活下去"这一关乎超世的问题对屈原只能"路漫漫其修远兮，吾将上下而求索"。求索而不得，只有死路一条。屈原投江自杀了。

屈原之问，是世界历史上首例诗人的个体之问。他发出了"为何而活着"之问。屈原之死，是世界历史上首例诗人的灵魂之死。屈原的灵，在儒学里找不到突破口。

通过屈原之问及之死，华夏文明下成长的我被梳理了一遍，最终明白了，为何自己也曾经站在死亡线上，却找不到死亡后存在的意义，只有将死亡带来的绝望用肉体的麻木去消解。生活没有因为对灵魂的追问而得到提升，反倒因此而沉沦。这也正是屈原后中国诗人除为数不多的如陶渊明、蒲松龄、曹雪芹等人外精神境界渐趋下降的根本原因。

与屈原之问相对照，刘小枫介绍了耶稣之问。耶稣在绝望中抵制魔鬼撒旦对他的种种诱惑：将石头变成面包、显示奇迹、拥有罗马万国，让人懂得人类的苦难靠任何现世的手段都无法消除。耶稣经历的孤独和忧伤，是人的现世处境的超越性转化，与圣爱同在成为人的新的在世处境。

刘小枫说：欧洲因为有了超验的神性形象（上帝），必然便有超验的根据，有超验的根据，必然得有询问超验根据以至超验形象本身的法则。这就使先验的反思和超验的追问成为可能，使询问绝对价值的真实可靠性成为可能。究竟谁才是真正的上帝，是在十字架上受苦的基督还是形而上学实体，正是西方君子一再追问的。有了超验的形象及其超验的根据，起码使得人类的欠缺和恶一再被揭露、而非被掩盖起来，使人类的幸福和公正的绝对根据一再受到询问，而不是不闻不问。

　　沿着屈原之问与耶稣之问，"拯救与逍遥"两种不同的生活观由此诞生。中国文化下，道家"逍遥"与儒家"济世"相补。"逍遥"成为君子"济世"之路不通时的"救命稻草"。这当是为何屈原之后中国很少再有诗人自杀的重要原因。刘小枫将陶渊明与荷尔德林相对比、曹雪芹与陀思妥耶夫斯基相对比、鲁迅与卡夫卡相对比，阐述了一个深刻道理：自然形态在西方思想中，从一开始就被超逾了。这就是为什么，庄子式的逍遥之境是山水田园，而现代虚无主义的逍遥之境只会是荒诞的一片荒漠。就世界和人性的意义而言，所谓罪、荒诞、永罚的观念是真实的，道家的自然状态的观念比起西方的超自然状态的观念倒显得是一种虚构。原生的自然状态不是属人的状态。没有或沉沦或得救，或生或死，"人"活在意义之中吗？世界是什么样的呢？如海德格尔所言，"世界"是就人的精神性而言的，动物没有"世界"——其实也没有生活。道家的自然状态没有"人"，也没有世界。庄禅式的逍遥，人不过是这个世界和现实生活的局外人。所谓局外人，并非真的与世界和生活关联不相涉，而是以一种反常的关系在世。

　　《拯救与逍遥》第一次揭开了儒、道思想的真相。儒家，虽有一颗火热的心肠，但因儒家思想是外在强加的，故此在践行中，中国诗人不觉地滑向道家逍遥思想。逍遥的结局是：人，与世界，与生活无关。从这种意义上讲，"局外人"与植物人本质上没什么差别。如此，写的诗、做的文，不过是吟风弄月，与人与人的灵魂无关与世界无关。

　　与此相对，欧洲诗人在基督之爱下，在对人的罪与恶的观照中，找到了灵魂的出路。其作品充满了灵魂哭泣、挣扎、呐喊的声音。至此，可以回答，刘小枫在《圣灵降临的叙事》中的提问了：为何中国只有社会小说与市民小说而没有宗教小说。因为，我们的灵魂还没有被打开，还"完整"地埋藏在现实世界之中。

为什么，灵魂是人的最终归属呢？我的老师说，因为人来自于天空，来自于无限，故而，无限诞生之初就蕴涵在人的本性中。只有无限的时空，才能彻底满足人的需求。而有限的肉体是无法完全满足人的需求的。对于有限的肉体，无限，只有在人的精神领域才可能实现。因此，精神世界开出的花结出的果之灵魂，才是人的最终归属。

也许，有"热爱民族文化"的人士会不服气，为什么中国的土地没有产生"三重世界"？这里套用马克思的一句话，"物质决定意识"。我的老师说，地理环境决定一个民族的文明。古代，中原地区，除黄河下游，因黄河泛滥，生存较为艰辛外，"天"（地理环境）、"人"的力量基本平衡，所以，万物有灵的原始宗教时期，中国人超脱了对"天"的绝对崇拜，而是相信"天人合一"、"人定胜天"。而在人类古老文明又一发源地的中东地区，"天"（地理环境）的力量虽然远远大于人，但中东地区的天不像青藏高原那样具有绝对的力量，让人在自然面前无一丝反抗之力，所以，万物有灵的原始宗教时期，中东地区人们相信"天"即"上帝"的绝对权威，并在上帝的绝对权威下，自为生存；希腊，因海洋提供的丰富物产，生活优裕，人的力量大于"天"（地理环境），所以希腊人不崇拜"天"，而是相信人的理性。

一个客观事实是，各民族生存环境有限，其文明也有限。文明是人类共同的财富。今天，我们的思维不应还停留于寻找证据证明本国文明的优越性，而是，打破地域限制，探寻三大文明的缺失，为人类文明而不仅仅是本国文明，找到出路。

仁者爱人

关于"我"的答案，似乎已经明了。然而，一个关键问题是，如何让精神解放，获得灵魂自由？刘小枫《走向十字架上的真》给了我解答。

实现精神解放的根本途径在于，人脱离身上的动物性，人成为人。这涉及对人的本质及其价值的认识。

刘小枫在《走向十字架上的真》里说：人的本质及其价值只能从人与上帝的关系来界定。这就是基督教的位格主义，它在奥古斯丁那里得到重大发展。位格是人的价值和本质出现的场所，它体现为一个向上超越的动姿，这一超越的意向动姿就是爱、永不止息的爱，这爱源于上帝，又奔向上帝。理智、语言、制造工具、强力意志、生存竞争等等，都使人与动物只有程度差别，而无本质差别。只有与上帝相系的人的位格，即奔向上帝的热切温顺的爱的动姿，才使人与动物在本质上区别开来。人离弃了上帝，便不复为人，而是高等动物，也不复有人的价值可言。

阅读《走向十字架上的真》，最大的收获，就是区分人身上的动物性与人性。动物性与人性的区别，在从小所受的教育里，是欠缺的一课。阅读完该书，才知道，小时候喜欢的《三国演义》、《水浒》里的人物都在动物性的范围里打转，并不值得传颂。

公元前，孔子说"杀身成仁"，然而，因何要"杀身"？"杀"身上的什么呢？怎样才能"成仁"？士大夫们却没给出答案。欧洲，基督徒经过千年探索做出了明确回答。"杀身"的动因在于人性中蕴含的能超越动物性的基督性。

《十字架上的普世挑战》一章，神学家汉斯·昆论述了什么是真正的人性。他说，基督性乃是真正的人性之可能性，基督性必须由人性涵盖，人性必须由基督性来促成，耶稣的全部行为的目的不多不少恰恰就是新的真正的人性——做基督徒即彻底地做人。做基督徒不仅没有降低做人的要求，而是提高了做人的要求。

刘小枫阐述，基督教的希望是以全新的方式把人重新引回世界去生活。做基督徒并非必须宗教化，必须披上宗教的外衣，信仰乃是整个生命的行为，基督发出的号召不是要人加入一种宗教，而是要人进入新的生命。这即是"杀身成仁"的含义："杀"掉人身上的动物性，进入属于人的新的生命。

汉斯·昆说，为真正人的生活和行为、苦难和死亡提供终极意义，为人生和世界之谜提供终极解答的，不是马克思和弗洛伊德，而仍然是惨死十字架上死而复活的耶稣基督。……如果孔子、老子、释迦牟尼来到耶稣诞生的马槽旁，恐怕只有老子会注意到这位诞生者的卑微，尽管老子也不会对他致以崇敬。然而，即使是老子也不会注意到那块绊脚石。正是这块绊脚石向世界及其古老的权力和等级差别表明基督的爱。耶稣是否定高贵者的权力象征，也正是这个象征在受难的骷髅地被世界否定。十字架是世界给予基督的爱的回答，对将成为第一人的最后一人的爱的回答，对被拒绝的人的爱的回答。正是在这种爱里聚集了真正的光明。

"爱"是耶稣基督的另一个名字。《走向十字架上的真》一书中，刘小枫介绍了神学家巴特、汉斯·昆、朋霍费尔、巴尔塔萨及哲学家薇依、海德格尔等人对耶稣基督的爱的领悟和论述。通过欧洲神学家、哲人身体力行的论述，十字架上死而复活的耶稣基督"爱"的内涵清晰可辨，揭示了耶稣基督（爱）是通向"仁"的道路。因为爱，人得以脱离动物性，进入属于人的全新的生命。

孔子在"杀身成仁"之后，又说，"仁者爱人"。基督说，在人成为思维的存在或意志的存在之前，就已是爱的存在。只有在爱之中，人才在人本身的生成之中。这即是"仁者爱人"的含义，作为人而存在的人，以爱而存在着。老师说，爱是人之本体。

因为对人的本体的误会，神学家舍勒敏锐地看到了现代伦理必然会导致的现代社会痼疾：极端个人主义和全权的集体主义这两个极端——这恰是当今世界的现实处境。人本主义的爱人学说把基督教的"爱上帝并爱每个人"的内在关联割裂开。宣称只爱人，是现代伦理的基本要点，其实质乃是把爱这一精神行为中的不可见的精神、灵魂和神圣的成分撇开，只求人的肉身财富和肉身幸福，爱成了追求现世福利的手段。由于人本主义的社会学说彻底丧失了人类社会的责任共负这一最高原则，而且是在精神根子上丢失了这一原则，必然出现卢梭和康德的本末倒置的社会契约论，出现黑格尔和马克思供奉的国家、民族、阶级一类现代社会学说的偶像，于是专制国家（全权的集体主义）和大众国家（用多数人的意志偷换真正的个人意志）就随之建立起来。

继"杀身成仁"、"仁者爱人"之后，第三句话是"仁者无敌"。"无敌"并非无敌人，而是指个体生存的原则、本源和根基。人在上帝的爱中才有个体生存的原则、本源和根基，这是十字架上的真的意味。刘小枫阐述，耶稣基督的位格是人之存在的原根基。基督教位格主义断然拒绝禀有精神的个人成为国家、社会、阶级、世界理性或所谓客观历史进程的工具或仆人，人人只有一个主人——爱人也被人爱的上帝。爱即上帝。人以爱为根基，得以坚定地生活在大地上，而不是成为国家、社会、阶级、世界理性或所谓客观历史进程的工具或仆人，生命获得意义，这是仁者（爱者）无敌的真义。

刘小枫阐述，十字架上的受难形象最终解答了上帝在哪里和上帝是谁的追问。十字架上的上帝不仅是对此世的批判，对人的批判，也是拯救此世和给此世和人带来希望的标志。人不是在历史过程本身之中找到历史的意义，而是从一个神圣的未来——复活者的未来那里找到历史的未来及其意义。处身于历史之中的个人，不是从历史过程本身之中找到自己的未来，而是从历史之外找到自己和自己处身其中的历史的未来。物质本身无未来，历史本身无未来，人本身亦无未来，是在十字架上死而复活的耶稣馈赠未来。至此，我理解了"杀身成仁"→"仁者爱人"→"仁者无敌"的逻辑关系：十字架上的耶稣启示，人不仅有动物性还有基督性，故而人应追求基督性，"杀"掉动物性，成为人（仁）；"杀"掉了动物性，成为人的人，以爱为出发点，即仁（人）者爱人；仁者以爱为本体，得以坚定地生活在大地上，生命获得意义，故而仁者无敌。

阅读完《走向十字架上的真》，不仅深刻理解了孔子的话，而且学会了一件事——忏悔。尽管，我仍经常因灵魂的麻木惹老师生气。不过，我已能做到，有时于老师批评之前，在心灵深处，自我忏悔。忏悔，是我们的文化所欠缺的。刘小枫的书籍，推开了全面了解欧洲的大门。记得老师曾想买一本《上帝之城》，然而，该书，他足足等待了将近十年。在刘小枫推介欧洲神学、哲学之前，欧洲对于国人是支离破碎的，仅在意识形态允许范围之内知道欧洲，对欧洲文明重要组成部分的神学却是云遮雾绕，对真正的欧洲精神也就仿若镜花水月。刘小枫的重大贡献，在于用条分缕析的语言勾勒出了欧洲文明的干流——哲学与神学。通过刘小枫的推介，欧洲对于国人不再盲人摸象。

清朝末期的故事，告诉我们，一味沉浸在天朝上国的幻觉中是多么可怕。然而，全面了解浩如烟海的欧洲文明，对我这等外文水平、哲学水平极低之人实在是难事。刘小枫先生为我等解了困。先生的功劳理应受到肯定。

归根结底，我是什么

从动物性中解脱出来的我，已经有了"我"的意识，故而，不可避免地要认识世界。世界于我的意义，决定了"我"最终的属性。

我与世界是何关系，刘小枫的《诗化哲学》给出了启示。《诗化哲学》是刘小枫青年时代风靡一时的又一著作。该书也一再再版。我阅读的是黑色封面的2011年重订本。

《诗化哲学》的主题是介绍德意志浪漫哲学。透过浪漫哲学可看到，这个世界原本没有意义。既然这个世界没有意义，就要创造出意义。人之为人，并不只是在于他能征服自然，而在于他能在自己的个人或社会生活中，构造出一个符号化的天地，正是这个符号化的世界提供了人所要寻找的意义。浪漫派甚至认为，它也提供了具有宇宙价值的意义。动物也能在某种程度上以自己的方式与自然作对，以自己的方式战胜自然。但动物永远不能创造出一个意义。创造意义意味着超逾自身的条件，把自身作为象征意指那具有永恒价值的东西。

赋予世界意义，即把世界诗化。据说，人身上把世界诗化的动机——是我们有限生命的最大渴求，我们的一生都在追求着将那种使自己茫然无措和无能为力的情感沉浸到一种真实可靠的自我超越之源中去。

不得不再次谈到死亡。刘小枫在《普罗米修斯之罪》中讲到，普罗米修斯之罪在于给凡人注入了"盲目的希望"，让凡人不再预先知道自己会死，从而在精神上生活得轻松自如。因此，回避死亡，是一件大罪。因为死亡，个体生命变得有限。然而，茫茫宇宙（世界）是如此无限。面对无限世界，人感到的是茫然无措和无能为力。有限生命如何在无限世界安身立命？浪漫思潮的先导、17世纪的帕斯卡尔说，人不能从理智方面找到安身立命之所，得靠情感、靠热爱。帕斯卡尔反复问：在无限之中，人究竟是怎么一回事？帕斯卡尔认为，在无限的虚无中，只有信靠上帝的爱，才能为有限生命找到安身立命的根据。

后来的浪漫哲学一再企求有限与无限的同一。早期浪漫派首先提出了人生向诗转化的学说，希望在诗的国度里消除束缚、庸俗和一切对立，达到绝对自由，从而在由诗的想像、激情、爱、幻想给有限的生命带来的出神状态中，把握住超时间的永恒。诗，在他们那里，是理想的天国，它具有超验性的自由，能使充满重重矛盾和对立的现实生活化为一种梦幻式的永远使自由得到保证的生活。

对浪漫派诗人来说，追求诗，就是追求自由，诗的国度本身就是自由的国度。浪漫派诗哲这里所说的诗明显不是指单纯的诗的艺术作品，而是指作为理想的生活的世界。他们的出发点是：人面临着一个与他自身分离异在的世界（包括文化和自然），用形而上学的语言来说就是，人发现自己面临着一个不属于他的、与他对立的客观世界。所以，全部问题就在于如何使这个异在的、客观化的世界成为属人的世界，作为人的主体性的展现的世界，这也就是如何使世界诗意化的问题。

对此，浪漫派诗人们做出回答：我们不能站在这个世界中来看这个世界，而应站在另一个更高的世界的角度来看这个世界。所谓浪漫化也就是指的这种超验原则，指以诗意的感觉来把握世界，而不是以功利主义的、世俗的感觉来把握世界。从另一个世界，另一个更高的、理想的、超验的世界来重新设定现实的世界，就是诗意化的本质。

诗载人渡达超时间的彼岸的绝对。因为诗，世界呈现为二元世界——现实生活世界与诗意化的世界。人也呈现为二元人——现实的人与诗意化的人。刘小枫说，现实生活世界的中心是人，是生活着的人，诗意化的世界，实质上应是诗意化的人；人的诗意化，世界才能最终审美化。诗意化的世界，是以"我"的精神为核心的。

在诗意化的世界里，我就是上帝。因为，人就是上帝的思想，上帝的意识。人的存在的戏剧就是上帝自我解放的戏剧。人的使命、人的感性存在的天命，就是要认识到以自己的感性血肉之躯来拯救神性。既然人的使命被规定为神性，那么，人也就可以超越有限性了。刘小枫说，诗是对整个内心世界的表现，因为诗的语言就是那种内在力量的外在表露。语言是人解放自身的原初力量。诗的语言既然是自我的表达，也就是自我对自我的启示。通过诗的语言，诗创造出了一个与经验的事态世界截然不同的意义世界。

浪漫派诗人们认为，人的存在既是有限的，又是无限的，既有"我"，又有"原我"。人能够倾听无限的宇宙的音乐，领会神性诗的美，这是因为人也是宇宙诗人的一部分。因此，在人身上有两种基本的冲动，一个指向有限的对象，即个性化原则，一个指向无限的流动性，即酒神原则。从这两种对立的冲动中又形成了第三种冲动，渴求把两者统一起来的冲动，它朝着心理上的整合，朝着主、客体统一的方向发展。所有生物中，唯有人能渴求进入神性的自由的越过，经验限定性的东西不能满足人渴望无限的这一最为深层的需要。

故而，老师说，人是形而下的，也是形而上的，但归根结底，是形而上的。

只有成为形而上的人，即进入神性的自由的越过，我的灵魂才是自由的，我才是彻底自由的人。如此，我才完全地拥有了我。

今天，人们迷失于自己的根本属性，也就对生活迷失。在《诗化哲学》里，刘小枫发出呼唤，如果一个人不知道自己何为一个人，何为真挚的爱，何为人生的命运，何为灵魂的归宿，只知道实在是什么，技术是什么，交易是什么，买卖是什么，竞争是什么，人能为自己找到安身立命之所？人的人性和物的物性都分化成了计算出来的市场价值。这样一来，人的生存就被置于荒野，人的心灵、内在就沉入冥暗。有谁在这世界上的某处无端端地哭、无端端地笑、无端端地走、无端端地死。这是世界上最为严重的时刻。

尾　声

这是我迄今为止写单篇稿件花费时间最长的一篇文章。期间，我去了一趟成都，第一次直面一个纯粹的老人。老师所讲以及刘小枫先生书里所著——在老人身上得到验证，从而，让我更加坚定了"何为我及何为生活"的答案。

《走向十字架上的真》中朋霍费尔大胆宣称：宗教的时代已经过去，世界正走向一个无宗教的时代，世界已经成龄，它日益走向自治的道路，无论道德、政治、科学都不需要上帝。人和世界均已成熟，不应把他们重新拉回童年时代。正如，老师说，上帝必死。上帝死了，信仰才开始。老师又说，宇宙毁了，诗歌犹在。这是老师的信仰。

老师说，人必须相信一个终极之在。因为终极之在的存在，人的生命才有了努力的方向。否则，作为必死者的人，道德堕不堕落，又成什么问题呢？生活有没有意义，又有什么讨论的必要呢？

因永恒之在（诗）的存在，我知道了，我应如刘小枫先生在

《诗化哲学》里所说那样，把自己从暂时性的时间中解脱出来，使自己成为恒然长在的生命。其中一个重要环节是想象。

刘小枫先生阐述，想象力自古以来就伴随着人类的成长，没有想象力，人类的精神文化简直不可设想。近代以来，按照归纳法、数学概念以及自然法则来规定人的思想和观念的理想开始占统治地位，但人们总是在力图想摆脱这种理性的控制，总是渴望凭靠率真的感受和想象来支配自己的精神生活。想象绝不是一种凭空的幻想，而是沟通过去（曾在）与未来（将来）的中介。想象使人获得新的自由。回忆——想象的本质关联表明，人的生存十分特殊，既无法摆脱有限，又没有离却无限；既处于经验现实之中，又居于理想境界之上。想象是人所固有的东西，属于所有人。自然也属于我。

行文到最后，对"何为我"有了清晰的认识：我以我的我身体为基础（因为人是形而下的），因此，应注意这具身体的健康（肉身好比火箭）；同时以爱为出发点，超越动物性，向神性进化（因为人归根结底是形而上的）；最终，以想象力实现卫星即灵魂的最后发射，进入神性世界即诗的世界；在诗的世界里，我因灵魂的自由得以成为绝对意义上的我。

我也明白了，渴望成为一个作家的我的生活应是这样的：诗人（作家）的生活必然是体验着的生活，反思着自身的生活。命运是人自己带来的，生活世界如果没有人，也就没有命运。人造命运，命运造人。没有担当命运，没有与命运碰撞，没有进入自己的内在反思，观察就是过目无心、视而不见、熟视无睹，反映就只是高超的技巧加上浅薄的内容。文学并非所谓生活的反映，而是造就一个有意味的世界，人们可以在其中得到安宁的世界。

为此，我将进入体验，摆脱贪欲与无聊、恐惧与冷淡的约束，企达审美的自由生活之境——我将为之奋斗到生命最后一刻！这是我人生的绝对目标，然而，我并不为绝对目标而绝对目标，因为生命还有其不可撼动的尊严及原则，当现实社会与之不可调和地冲突时，我应有勇气去死！在死亡中，做到绝对意义的我！这是老师的教导，也是我人生的相对目标。在这两个目标的指导下，生活有了规划及准则。如何生活的问题，不再是暗夜也不再是雾霭。

感谢刘小枫先生其人、其书给予的种种启示！

后记　寻找康巴

1999年，我从康定师专毕业。往哪里去？对社会一无所知的我一片茫然。去远方，是我的一个心愿。初中时期，三毛的游记散文风靡一时。撒哈拉沙漠以及三毛说走就走的旅行，给我留下深深的印记。翻过二郎山，是我高中时的奋斗方向。然而，高考却没有实现这个愿望。如今，毕业了，就去一次远方吧。机缘巧合，我来到了甘孜县。

还记得，第一次翻越折多山，从未见过的辽阔的天空，让我激动不已。从康定到甘孜，一路经过了嘛呢墙、小溪、森林、牦牛群、牧羊姑娘，车窗外的风景一直吸引着我的目光。漫长的旅途，我始终没有瞌睡。高原的一切，都是那样新鲜。就连不期而至的绵绵暴雨都变得可以憧憬。途经罗锅梁子，天空不时地下暴雨。暴雨中，我第一次看到高原的广博以及人力的无能为力。那一天，我乘坐的是一辆中巴车，在和天空一样宏大的暴雨中，中巴车犹如大海里的一条小鱼，随时都可能被吞没。然而，青春就是力量。我相信年轻的我有能力走进高高的高原。我相信自己在高原，能写下三毛那样的文字。写作，是与远行一样重要的梦想，与我来说。

1999年7月，经过了旅途泥泞的洗礼，我来到了甘孜师范校，当一名老师。怀着进入高原的梦想，我向藏族同事学习藏话（因为懒惰，终究没有学会），和藏族学生打成一片。在甘孜县的五年时间里，我教过的都是藏文班。甘孜师范校，有藏文班，也有汉文班。而我，始终都教藏文班语文。上课时，我非常随意。那些教材，我觉得根本不需要老师去讲，实在太简单，学生自己都可以看懂。课堂上，更多的时间，我让学生讲他们知道的藏族民间故事，我也给学生讲故事。

然而，我的浪漫，没有持续多久。很快，就体会到高原生活的艰辛。春天、秋天，甘孜经常刮风，漫天的沙尘，呼啸的风声，大地上的房屋似乎立刻就会被摧毁在风中。冬天，寒冷的天气让毛巾结冰，让被窝结冰，让思维结冰。所幸，年轻的身体，只需要一件羽绒背心，就能过冬。与内地相比较，严酷的天气还不能阻挡我进入高原的步伐。可是，与汉文化截然不同的藏文化却阻挡了我的脚步。比如，甘孜县的寺庙。

甘孜寺，依山而建，层层叠叠，俯瞰着整个县城，是甘孜县的代表性建筑之一。每年元宵，甘孜寺都要举行隆重的晒佛活动。快到傍晚，寺里响起嗡嗡的莽号声，此时，当地百姓成群结队前往通向寺庙的山道。远远望去，山道上黑压压的。我和单位同事，通常在夜幕降临后，顶着路灯和月光，前往寺庙。那时，寺庙里人山人海，各种活动进行得热闹。我跟着同事，一间间转着寺庙。我也学着当地人，将额头低在喇嘛面前，让他点上吉祥的红痣。然而，转了一层又一层寺庙，我却无法将自己的心与寺庙连起来，更无法融为一体。月光下，寺庙远远的。在夜的海里，仍有烛火明明灭灭的寺庙仿佛在彼岸。当离开寺庙，站在县城里回望时，我发现。这样的地方，我真的无法进入，更无法写作。那时，我写了撕，撕了写，最后，无法再写。

康巴是什么？康巴在哪里？康巴，是马丽华笔下的康巴吗？康巴，是阿来笔下的康巴吗？如果是，我在这里的意义是什么？一年后，我向自己提出一串问题。

我在高原的意义是什么？陷入与初衷相悖的尴尬境地的我，心里只有苦闷。也想过离开，然而，往哪里去呢？去西藏？可是需要钱。而我没有一分钱的支持。我必须有一份工作。

一年半后，我回家生产。坐月子的寂寥日子里，学生居然给我写来了信。读着他们的来信，高原的日子一点一点地浮现。再深入一点吧，或许，会有不一样的感受。我对自己说。

再一次回到高原，我努力多进入一点。有下乡的机会，我都尽量参加。然而，理想很饱满，现实很骨感。学校开始转型，由师范学校改办高中。教学有了压力。我的浪漫教学法行不通了，必须按照教学大纲老老实实地教书。教师队伍的管理，也被提上日程。我被关在了学校里。下乡，这样的愿望是不可能了。

每一天，像鸭子一样，准时准点起床，带学生跑操，坐办公室，上课……机械化的日子，让我难以忍受。我知道，自己必须离开了。再这样下去，我会疯掉的。去哪里呢？康定。是我理智思考后的选择。去康定做什么？有一天，我听说，几个同学去了昆明，当记者，办报纸。对，当记者。我发觉自己具备记者的素质。冒险、刻苦、关怀，这些记者的要素在我的身上都有。

在我决心离开，意图当记者时，一则《甘孜日报》的招聘启事登在了报纸上。拿着报纸，我去找了学校领导。尽管，我费尽了口舌，可是，仍然得不到报考的同意。于是，我不辞而别。

费尽周折，终于来到了《甘孜日报》社。我想，这一次，可以好好地进入高原，然后写出不同于马丽华，不同于阿来的作品了。满怀激情，我投入到采访中。然而，一次大型采访，让我发现，原来自己对这片土地的认识竟然空空荡荡。不知道它的历史，也不知道它的文化，也不知道它的地形地貌。2006年，为纪念红军长征胜利70周年，《甘孜日报》社组织了一批记者到基层采访，写稿时，我一片茫然。此时，我才明白，康巴有属于它的独特的历史。我接受的普通历史教育，仅是康巴的一个参考。是不能囊括康巴的。

采访结束后，我开始补习康巴历史、康巴文化。康巴的地形地貌需要我用脚去走。

尽管在书本上了解了康巴文化，可是，真正将康巴化为自己的文字，却依然艰难。

2008年，主编杨丹叔让我去雅江采访。路上，我和作家泽仁达瓦谈起了写作。我说，这样跑下去，似乎没有多大的意义，始终和康巴有隔阂。而我，似乎不打算写康巴。我该怎么做，泽仁达瓦不能给出意见。他是听众。

康巴在哪里？我该如何进入康巴？我为什么进入康巴？2008年，我再一次向自己提出问题。此时，我和杨丹叔老师，还是工作上的主编与记者的上下级关系，没有进入写作的生命关系。

三年后，对于为什么写作、写作是什么，我有了一些根本性的认识，从急于求成中沉淀下来，关心灵魂。杨丹叔老师正式将我收为他的学生。我终于有幸听到他的金言。

康巴在哪里？困惑我多年的问题，得到解答。老师说，康巴分为古代的康巴、近代的康巴以及现代的康巴，三个阶段。古代，在汉文化中心论下，以天子所在地为中心，康巴是边地；近代，以北京为中心，康巴也是边地。边地，意味着边远地区及落后的生产、生活方式。现代，康巴在地理位置上将与世界平等，其不同于内地及欧美的生活方式将最终凸显。康巴，对外面的人将是梦想之地——香格里拉；对生活在这里的人将是一种生活方式、一种生活态度、一种生活选择。康巴，将成为全人类的精神远方和心向往之地。

这是对康巴的理性认识。对一个作家来说，理性还需化成感性，如此，才能形成诗歌，形成小说。如何将对康巴的理性认识，变成生命的感性认知？老师说，在于是否有自我。一个具有自我的作家，没有文化、没有民族、没有地理的阻隔。外在变化的环境，只会触动作家的内心，环境，是作家内心的投射。老师的话，让我豁然开朗，过去，我是康巴的客体，而不是主体。作为客体，康巴永远笼罩着我，我永远进入不了康巴。只有作为主体，我才在康巴中，而康巴在我的心中。原来，我寻找的康巴，居然在这里，居然在我的心里。那一刻，我如梦初醒。那一刻，我恍然大悟，怎样写作。

理解之后还需化成文字。这是作家的基本要求。尽管老师为我解了惑，要说出心中的康巴，仍需要我身体力行。于是，从工作角度，角度，从文化角度，从阅读角度，老师让我对康巴进行思考并形成文字，最终，汇成了这本评论集《康巴在哪里》。

知天下，知康巴；知康巴，知天下。认知康巴，也就是认知世界，认知自己。今天，蓦然回首，我看见了自己的人生轨迹，原来，我寻找康巴的过程，试图解惑康巴在哪里的过程，就是寻找自我的过程。在康巴，我终于找到了自己。远方与写作与我，终于成为一体。

如今，有幸出版《康巴在哪里》，感谢在我认识康巴的路上，在文学的路上，给予启迪的各位前辈、益友，在此不一一列出名字，谨记于心。

《康巴在哪里》，给出的不是答案。仅是个人从自身体验，勾勒出的一幅康巴侧面肖像画。

康巴在哪里？答案是无穷无尽的。一如宇宙在哪里。康巴，即世界，即宇宙。因此，寻找康巴的路，是无止境的；因此，《康巴在哪里》，是一个阶段，是一个标志，是一个起点。如果该书对读者了解康巴，有一点帮助，则善莫大焉。

最后，感谢生我、养我的这片高原。

以此为记。

图书在版编目（CIP）数据

康巴在哪里 / 王朝书 著. -- 北京 ：作家出版社，2016.7
（康巴作家群书系. 第四辑）
ISBN 978-7-5063-8966-2

Ⅰ. ①康… Ⅱ. ①王… Ⅲ. ①文学评论 – 文集
Ⅳ. ①I06-53

中国版本图书馆CIP数据核字（2016）第137675号

康巴在哪里

作　　者：王朝书
责任编辑：那　耘　李亚梓　张　婷
装帧设计：翟跃飞
出版发行：作家出版社
社　　址：北京农展馆南里10号　　　　邮　　编：100125
电话传真：86-10-65930756（出版发行部）
　　　　　86-10-65004079（总编室）
　　　　　86-10-65015116（邮购部）
E-mail:zuojia@zuojia.net.cn
http://www.haozuojia.com（作家在线）
印　　刷：三河市华业印务有限公司
成品尺寸：152×230
字　　数：172千
印　　张：14.5
版　　次：2016年7月第1版
印　　次：2016年7月第1次印刷
ISBN 978-7-5063-8966-2
定　　价：32.00元